KB114230

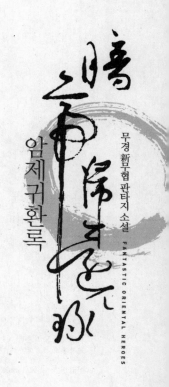

무경 新무협 판타지 소설

FANTASTIC ORIENTAL HEROES

암제귀환록

# 암제귀환록 7

## 무경 新무협 판타지 소설

초판 1쇄 찍은 날 § 2014년 12월 24일
초판 1쇄 펴낸 날 § 2014년 12월 31일

지은이 § 무경
펴낸이 § 서경석

편집부장 § 권태완
편집책임 § 박용서

펴낸곳 § 도서출판 청어람
등록번호 § 제387-1999-000006호
등록일자 § 1999. 5. 31
어람번호 § 제2-2560호

주소 § 경기도 부천시 원미구 부일로 483번길 40 서경B/D 3F (우) 420-822
전화 § 032-656-4452  팩스 § 032-656-4453
http://www.chungeoram.com
E-mail § chungeorambook@daum.net

ISBN 979-11-04-90042-6 04810
ISBN 979-11-316-9054-3 (세트)

무경 新무협 판타지 소설

암제귀환록

FANTASTIC ORIENTAL HEROES

7

암제귀환록

目次

**1**장

검제

　금왕은 세 남녀의 시신을 수습했다. 그는 곧장 왕장(王葬)을 도맡는 염습사(殮襲社)를 불러와 시신의 처리를 맡겼다.

　각각의 시신은 최대한 원래의 모습을 되찾은 상태로 관에 들어갔다.

　끊어진 천유신의 상체와 하체가 감쪽같이 접합되었고 백진설과 심유화의 상처 역시 봉합되었다.

　"남녀의 관은 유설태에게 보내야겠군. 그가 어떤 반응을 보일지는 모르겠네만."

　금왕은 현월의 반응을 살피며 질문을 덧붙였다.

"상관없겠지?"

"어떤 게 말입니까?"

"이들의 시신, 유설태에게 보내는 것 말일세."

현월은 금왕이 염려하는 바가 무엇인지 알 것 같았다.

유설태가 지닌 정보망이라면 두 거인의 대결이 여남에서 벌어졌으리란 사실쯤은 충분히 알아낼 수 있을 것이었다.

그리고 그렇게 알아낸 사실에 암제의 존재를 결부시키는 것은 그리 어려운 일이 아니리라.

이어지는 결론은 분명하다. 백진설과 천유신의 양패구상에 암제가 관련되어 있다는 것. 필경 유설태는 그렇게 추측할 것임이 분명했다.

다시 말해…

'놈으로서도 발등에 불이 떨어진 격이란 거겠지.'

지금껏 유설태는 간접적인 방식으로 암제를 제거하려 했었다.

처음엔 유성문을, 그다음엔 소림사를 이용해 현월을 치려 했다.

하나 그 방법들은 모조리 실패로 돌아갔다. 한술 더 떠 천하제일에 근접했다는 두 강자마저 목숨을 잃었다. 비록 그들이 유설태에게 협조적인 입장은 아니었다지만 말이다.

천유신, 즉 화무백이야 그렇다 쳐도…

백진설과 심유화의 죽음은 혈교의 입장에서도 엄청난 손실이었다.

잠시 생각에 잠겼던 현월이 금왕을 바라봤다.

"질문 하나 여쭙죠. 현재의 혈교에 있어 백진설의 비중은 어느 정도였습니까?"

"어려운 질문이군."

금왕은 팔짱을 끼고서 중얼거렸다.

"아마 혈교 내 무공 서열로만 따지자면 백진설은 세 손가락 안에 들었을 걸세. 하나 그것은 패도무한공을 완성하기 전의 얘기였으니 죽기 직전을 기준으로 잡자면 명실상부한 혈교제일인이었겠지. 저 화무백마저 결국은 쓰러뜨렸으니 말이야."

"패도무한공의 완성 전을 기준으로 한다면 백진설보다 강한 자가 있었다는 소리입니까?"

"음, 혈교는 자네가 생각하는 것 이상으로 거대한 집단이니까."

금왕은 표정을 굳혔다.

"패도궁과 무한궁, 지천궁의 삼대 파벌이 혈교를 구성하는 가장 거대한 집단들이지. 하나 그것만이 혈교를 구성하는 것은 아니야. 그 어느 파벌에도 속하지 않은 채, 그러나 혈교에 충성을 바치는 고수들 또한 상당수라네."

"그중 백진설에 필적하는 자가 존재합니까?"

"못해도 두 명을 꼽을 수 있겠군. 하나 그들의 정확한 무공 수위는 나로서도 짐작할 수 없네. 그만큼 장막에 싸여 있는 인물들이니 말이야."

"그들이 누굽니까?"

잠시 침묵하던 금왕이 입을 열었다.

"만박서생(萬博書生) 유숭, 그리고 철혈염라(鐵血閻羅) 철극심."

"그들은……."

현월의 얼굴이 살짝 굳었다.

"오십 년 전의 인물들이 아닙니까?"

"그랬지. 화무백이 그랬던 것처럼. 하나 그들은 지금까지도 죽지 않았네. 아니, 정확히 말한다면 어느 누구도 죽음을 확인하지 못했다고 해야겠지."

마교, 정확히는 백련교가 존재하던 시절에 활약했던 무인들이 그들이다.

마교가 무너진 후 혈교가 일어나고 다시금 무림맹에 의해 철퇴를 맞아 몰락하는 과정에서 잊혀져 간 것이 그들의 이름이었다.

그러나 금왕의 말마따나 그들이 죽었다는 소식은 한 번도 들려온 적이 없었다. 정확히는 그저 시간이 흐르며 잊혀져 간

것이었다.

"그들의 실력이 백진설에 필적한단 말씀입니까?"

"내 개인적인 추측일 뿐이네. 아마 죽기 전의 백진설이었
다면… 그들 개개인의 무위는 넘어서지 않았을까 싶군."

"……"

"그렇더라도 지금의 자네보다는 두어 수 위의 존재라 생각
해야 할 걸세. 또한 백진설과 같은 과오를 벌일 만큼 어리석
지도 않지. 그들이 단기필두로 자네와 맞서는 만용을 부릴 거
라 생각하진 말게."

현월은 금왕의 목소리에 묻어 있는 얼룩을 느끼고는 쓴웃
음을 지었다.

"제가 백진설을 죽인 것을 원망하십니까?"

"어리석은 소리! 그런 걸로 자네를 원망할 만큼 나는 멍청
하지 않네."

그렇게 대답하고서도 못내 미련이 남는 듯 금왕이 한마디
를 더했다.

"하지만 아쉬운 건 어쩔 수 없지."

"그렇습니까."

"자네는 혈교의 적. 또한 그에 앞서 한 사람의 무인이고 그
것은 백진설도 마찬가지지. 정정당당함 따위는 중요치 않아.
어떤 방식을 써서든 상대방을 죽일 수만 있다면, 그게 바로

무의 진리이니까."

금왕의 얼굴이 불긋불긋하게 달았다. 본인의 말에 심취되어 흥분하고 있는 것이었다.

"독공을 사용하는 게 비겁한가? 용변을 보거나 오입질을 할 때를 노려 기습을 가하는 게 천박한가? 생전 처음 보는 암기를 사용해 습격하는 게 졸렬한가? 헛소리! 무는 결국 상대를 죽이기 위한 수단일 뿐. 거기에 어떠한 감상 따위를 투영하는 것은 머저리들의 환상에 불과해!"

"……"

"하지만 내 안에도 그 어쩔 수 없는 머저리가 존재하는 모양이야. 나는 아쉽네. 암황이 말했다지? 사람을 죽이는 데 있어 태산을 부술 힘 따윈 필요치 않다고. 하지만 정작 그 암황은 태산을 부수는 강자였어. 백진설과 화무백도 마찬가지였지. 나는 산을 부수고 대지를 찢어발기는 그들의 힘에 매료되었네. 또한 그들의 대결에 깊은 감동을 느꼈어."

금왕은 호흡이 달리는 듯 말을 멈췄다.

현월은 그가 심호흡을 완전히 마칠 때까지 기다려 주었다.

금왕은 무거운 한숨을 토했다.

"다시는 그 대결을 볼 수 없다는 게 아쉽네. 전대의 거인을 꺾고 마침내 현시대의 최강자에 가장 근접했던 사내가 그렇게 허무하게 죽었다는 것이 애달프네."

"이해합니다."

현월은 짤막히 말했다.

"하지만 그게 현실입니다."

"…그래, 그럴 테지."

금왕은 감정을 숨긴 얼굴로 현월을 돌아봤다.

"다만 잊지는 말게. 백진설이 천하제일에 가장 근접했을지언정 진정한 천하제일이라 자부할 입장은 아니었다는 것을. 강호는 넓고 강자는 많네. 화무백 또한 흑도제일의 위명을 얻었었지만 한평생 천하제일이란 명패에는 다가서지 못했네."

현월은 고개를 끄덕였다.

그 또한 알고 있었다.

진정한 천하제일인, 강호를 넘어 이 대륙에서 가장 강한 인간이 누구인지.

"화산파의 청학거사(靑鶴居士)."

현월의 혼잣말에 금왕은 고개를 저었다.

"그는 전대의 천하제일인이지. 지금은 우화등선하여 세상에서 사라진 존재일세. 그런 이까지 논하려든다면 우리는 달마 대사와 같은 오랜 과거의 선배들까지 끌어들여야만 할 것이야."

"하면 현시대의 천하제일인이 따로 있다는 말씀입니까?"

"물론. 당연한 질문을 하는구먼? 그걸 모르는 이도 있던가?"

현월은 잠시 생각해 보았다.

그러나 딱히 떠오르는 이름은 없었다.

"그게 누구입니까?"

"응?"

금왕은 약간 당황한 눈으로 현월을 보았다.

"지금 그거, 정말로 몰라서 하는 질문인가?"

"생각해 봤지만 딱히 떠오르는 사람이 없습니다."

"우스운 소리를 하는군. 자네도 무림맹에 대해서 알지 않는가?"

"예, 그거야……."

두 번 말해 입 아플 당연한 이야기가 아닐까?

무림에 속한 사람 중 무림맹을 모르는 이가 있기나 할까 싶었다.

금왕이 헛웃음을 지었다.

"그렇다면 응당 정파제일인이자 천하제일인이 무림맹주인 검제 남궁월이라는 것도 알아야 하는 것 아닌가?"

현월의 미간이 구겨졌다.

"…예?"

*　　　*　　　*

현월에게 있어선 실로 애증이 교차하는 인물이었다.

무림맹주 남궁월.

현월이 기억하는 남궁월은 만인의 존경을 받는 의인이었다.

어려운 이를 위해서라면 그 누구보다도 앞장서서 힘을 쓰는 협사였으며 시시비비를 가림에 있어 약간의 불공평도 용납하지 않는 공정한 판결자였다.

하나 그는 결코 최강자는 아니었다.

무공 실력 자체가 낮은 것은 아니다. 백도 무림 전체를 통틀어도 열 손가락 안에 들어갈 실력자였으니까. 그러나 그것이 과연 맹주에 어울리는 무공 수위인가 묻는다면 아니라고 대답할 수밖에 없었다.

물론 무림맹주라는 자리가 단순히 강하기만 하여 꿰찰 수 있는 것은 아니다.

단순히 힘의 고저만으로 맹주를 선출한다면 저 가증스런 혈교도들과 다를 것이 없었다.

'하지만……'

어쨌든 그는 천하제일인과는 거리가 먼 인물이었다. 최소한 현월의 기억으로는 그러했다.

훌륭한 인품을 지닌 남궁월이었으나 그는 결코 혈교의 마수를 막아낼 만큼 유능하지는 않았다.

결과적으로 무림맹은 유설태의 계략과 현월의 존재로 인해 멸망일로를 걸었고 남궁월은 그 과정에서 목숨을 잃었다.

혈교가 최초로 본색을 드러낸 종남혈사의 밤.

그는 유설태가 파놓은 함정에 빠져 혈교도들과 맞서다가 허무하게 전사했다. 그것이 현월이 기억하는 남궁월의 최후였다.

'그런데……'

금왕은 그를 일컬어 천하제일인이라 칭했다. 이해하기 어려운 일이었다.

"왜 그러나?"

현월의 표정이 일그러지는 것을 본 모양이다. 금왕이 사뭇 혼란스러운 표정으로 그를 바라봤다.

정신을 다잡은 현월이 말했다.

"제 질문이 멍청할 수도 있겠지만 이해해 주십시오. 무림맹주 남궁월이 정말로 천하제일의 고수가 맞습니까?"

"허?"

금왕은 황당하다는 표정을 지었다. 하지만 현월의 부탁을 기억하고는 헛기침을 했다.

"흠흠, 자네가 농을 하는 것 같지는 않군. 솔직히 이해하기 어려운 일이긴 하네만 그럴 수도 있겠다 하고 넘어감세. 어차피 내가 연유 따위를 캐물어 봐야 대답할 자네도 아니고 말이야."

"……."

"자네의 질문에 대한 답이라면, 그러하네. 검제 남궁월은 현 무림의 최강자일세. 굳이 화무백과 백진설의 죽음을 고려하지 않더라도 말일세."

"그런……."

현월은 입술을 깨물었다.

과거로 돌아온 이래 처음이었다. 원래 자신이 알던 기억과 회귀 후의 기억이 충돌하는 것은.

현월의 회귀 자체가 영향을 미쳤다고 보기도 어려웠다.

회귀하기 전의 세상에서도 무림맹주 남궁월과의 접점은 거의 없다시피 했던 현월이었으니 말이다.

금왕의 설명이 이어졌다.

"딱 한 번, 오래전에 남궁월과 화무백이 일전을 벌인 적이 있었지. 그땐 아직 남궁월이 검제의 별호를 얻기 전이었고 화무백 또한 천겁마신으로서 악명을 떨치기 전이었네."

"……."

역시나 들어본 적 없는 얘기였다. 현월은 재촉하듯 물었다.

"그래서 어떻게 됐습니까?"

"결과만 말하자면 무승부였네. 물론 다소간의 잡음이 낄

소지가 있는 무승부였지. 관점에 따라 어느 한쪽이 우세했다고 평할 여지가 많았으니까. 하나 분명한 것은 두 사람 모두 엉망진창이 되었다는 점이지."

"어르신의 판단은 어떻습니까?"

"최대한 객관적으로 생각하자면……."

금왕은 약간의 시간이 지체된 후에야 입을 열었다.

"남궁월의 우세승이라고 봐야 하지 않을까 싶네."

"이유가 있습니까?"

"간단해. 그때 이미 화무백은 예순을 훌쩍 넘긴 나이였지만 남궁월은 갓 이립을 넘긴 애송이였으니까."

육체의 전성기는 대개 이립 근처지만 절정에 달한 무인이라면 얘기가 달라진다.

환골탈태와 반로환동이라는 두 가지 변수가 존재하기 때문이다.

만약 화무백이 반로환동을 거친 이후였다면 그의 조건이 비교적 우세했다고 말할 만한 근거가 충분히 되고도 남았다.

세월이 쌓아놓은 경험이라는 것은 결코 우습게 볼 것이 아니었으니 말이다.

"그렇다면 지금은……."

"만약 근래에 싸웠더라면 화무백이라 해도 맹주의 상대는 되지 못했을 걸세. 그리고 그것은 백진설 또한 마찬가지야."

"그렇게 말씀하시는 근거가 있습니까?"

"자넨 정녕 아무것도 모르는구먼."

핀잔 아닌 핀잔을 준 금왕이 설명했다.

"남궁월이 천하제일인이라고는 하나 검제의 별호를 얻은 것은 비교적 최근의 일이네."

"최근이라고요?"

"그렇다네. 무림맹주가 되고 난 이후의 일이기도 하지."

현월의 표정이 심각해졌다.

"그런 별호를 얻게 된 계기가 있습니까?"

"음."

금왕이 느릿하게 고개를 끄덕였다.

"맹주는 단천의 깨달음을 얻었고 그 깨달음의 결과를 무림의 내로라하는 고수들 앞에서 펼쳐 보였지. 그 자리에는 나 또한 참석했었네."

"단천의 깨달음이라고요?"

"그렇다네."

금왕의 시선이 허공을 훑었다.

마치 아련한 과거를 회상하며 감개무량해하는 것만 같은 눈빛이었다.

현월은 금왕쯤 되는 자가 저런 눈빛을 할 수 있다는 데에 놀랐다.

백진설과 화무백이란 희대의 강자들의 싸움을 목도했을 때에도 보이지 않았던 눈빛이었던 까닭이다.

"암황은 태산을 쪼개는 힘에 대해 말했지. 대체로 거대한 힘을 비유할 때 쓰는 표현이란 그런 것들이지. 역발산기개세(力拔山氣蓋世)라는 말도 있고 말이야. 산을 뽑아내거나 대지를 가른다는 식의 표현들……."

"맹주는 달랐다는 겁니까?"

"그렇다네."

잠시 뜸을 들인 금왕이 말했다.

"그는… 문자 그대로 하늘을 갈랐으니 말이야."

*　　　*　　　*

유설태는 착잡한 심경으로 하늘을 바라보고 있었다.

타오르는 서녘 하늘은 완연한 핏빛이었다. 여느 때나 볼 수 있는 평범한 노을. 거기에 심회를 더하는 것은 전적으로 관찰자의 몫이다.

그런 관점에서 봤을 때 지금 보이는 노을이 왠지 모르게 처연해 보이는 것은 유설태의 심중이 그런 까닭일 터였다.

"군사님, 괜찮으세요?"

조심스럽게 다가온 미우가 물었다. 평소였다면 내심으로

짜증을 품었을 유설태였으나 이번만큼은 그런 생각이 들지
않았다.

"나는 괜찮단다. 너무 걱정 말려무나."

유설태의 말에도 미우는 근심 어린 표정을 지우지 않았다.

"군사님의 눈빛, 그 어느 때보다도 슬퍼 보여요."

"......."

"슬플 땐 슬퍼하는 게 답이라고 했어요. 마음껏 슬퍼하세
요, 군사님. 미우가 곁에 있을 테니까요."

언제 봐도 맹랑한 꼬마다.

눈치가 빠른 데다가 생각하는 것이 나이에 맞지 않게 성숙
했다.

하기야 지금의 그녀를 본다면 나이에 맞지 않다는 표현에
어폐가 있다고 느끼게 될지도 모른다.

본래의 나이야 어떻든 미우의 외관은 과년한 처녀에 가까
웠으니까.

화무백이 내린 선물의 여파였다.

유설태가 마련해 준 휴가중의 대가로 화무백은 미우의 체
질을 변화시켜 주었다.

대체 어떠한 공능을 펼친 것인지는 유설태도 정확히는 몰
랐다.

다만 절정에 달한 초고수의 신비한 수법이라고밖엔 표현

할 수 없었다.

그 이후 미우의 몸은 급성장했다. 조막만 하던 가슴이 봉긋하게 솟아났고 흉곽에서 골반까지 이어지는 곡선은 만곡(彎曲)이란 표현이 참으로 어울릴 만큼 유려하게 변했다.

얼굴에서도 앳된 기색과 젖살이 빠져나가 그야말로 청초한 미색을 뿜내고 있었다.

천하절색이라며 호들갑 떨 정도는 아니나 어지간한 남정네들의 가슴에 불을 지르기엔 충분한 아가씨로 성장해 버렸다.

열흘도 채 되지 않는 짧은 기간 동안에 말이다.

놀랍다 못해 경악스럽기까지 한 변화였다.

물론 진정 경악스러운 건 따로 있었지만 말이다.

'체질 또한 완전히 변형되었다.'

이전의 체질이 암천비류공을 익힘에 있어 '그나마' 가장 나은 수준이었다면 이제는 완벽에 가깝다고밖엔 표현할 길이 없을 정도였다.

환골탈태라 해도 이 정도는 아니다.

사람이 지닌 체질 자체는 그만큼 변하기 힘든 것이었으니까.

물론 아직 안심하기엔 일렀다. 세상 어디에도 공짜는 없는 법.

무조건적으로 좋기만 한 변화 따위가 있을 리 없었다. 언제 어느 순간에 부작용이나 변수가 돌출될지 모르는 법이었다.

'하지만……'

지금 당장으로써는 더할 나위 없이 좋은 상황.

어쩌면 암후의 완성이 생각보다 빠르게 다가온 것인지도 몰랐다.

이곳은 무림맹.

천하의 내로라하는 영약과 내단이 넘쳐 나는 곳이었으니 말이다.

유설태는 미우의 머릿결을 말없이 쓰다듬었다. 미우는 눈을 감고 유설태에게 몸을 기댔다.

예전이었다면 팔꿈치쯤에 닿았을 머리가 이제는 어깨 부근에 닿았다.

"그새 첩이라도 들이기로 작정했나 보오?"

갑작스런 목소리.

질문에 녹아들어 있는 은근함이 천박하게 느껴지지 않을 정도로 근엄한 목소리였다.

화들짝 놀란 미우가 유설태에게서 떨어졌다.

유설태는 그녀보다는 덜 놀랐기에 이내 마음을 추스를 수 있었다.

물론 덜 놀랐을 뿐 놀라지 않은 것은 아니었다.

"오셨습니까?"

유설태가 고개를 조아렸다.

무림맹주 남궁월은 선선히 웃었다.

"한창 좋을 때를 방해하고 말았군. 늙은이의 주책을 용서하시오."

"천부당만부당한 말씀입니다, 맹주님."

맹주라는 말에 미우가 황급히 예를 취했다.

"구, 군사님의 시종인 미우가 맹주님을 뵙습니다."

그녀의 말에 남궁월이 탄성을 뱉었다.

"허어, 시종이라? 너처럼 과년한 시종이 있다는 얘기는 듣지 못했구나. 올해 나이가 어떻게 되느냐?"

"여, 열 살이에요."

"응?"

"열 살이옵니다."

당황한 미우가 황급히 말을 고쳤다. 하나 남궁월이 반문한 것은 그 때문이 아니었다.

"요새 아이들은 조숙하다더니, 그 말이 옳은 모양이구나."

"어, 어, 그러니까 그게……."

"제가 먹으려고 달여 놓았던 백삼탕(百蔘湯)을 실수로 먹더니 그만 저렇게 성장해 버리고 말았습니다."

유설태가 말을 가로채듯 설명했다. 남궁월은 허허 웃으며 턱수염을 쓰다듬었다.

"그런 사건이 있었을 줄이야. 한데 백삼탕에 그런 효험이 있었나 보오?"

"조사해 볼 필요성을 느껴 단약당에 명령을 내려두었습니다."

"식사에 백삼탕이 올라오면 손도 대지 말아야겠군. 여기서 더 늙었다간 허리가 꼬부라질 테니."

허물없는 남궁월의 표현에 미우가 쿡쿡거리며 웃었다. 유설태는 내심 그녀의 무신경함에 짜증을 삼켰다.

남궁월이 인자한 미소를 지었다.

"늙은이들끼리 긴히 할 얘기가 있으니 잠시 자리를 비켜주지 않겠느냐?"

"아, 네."

미우는 꾸벅 고개를 숙이고는 쪼르르 달려갔다. 어린애라면 어린애다운 반응인데, 처녀의 몸으로 저러니 느낌이 사뭇 애매했다.

"미녀로군. 대여섯 살만 더 많았더라도 첩으로 삼았을 것을."

"……."

"농담이외다. 그렇게 무서운 얼굴은 하지 마시구려."

유설태는 당황했다.

"제가 어찌 감히 맹주님께 그런 표정을 짓겠습니까?"

"이것도 농담이오. 평소엔 제법 잘 받아치던 군사가 요즘은 그러지 못하는 걸 보니 뭔가 마음에 걸리는 문제라도 있는가보구려."

"그것이……."

남궁월의 미소가 짙어졌다.

"역시 화무백과 백진설의 죽음 때문이오?"

"……!"

**2장**

질문 하나

 유설태는 온몸의 털이 곤두서는 느낌이었다.

 화무백의 죽음은 직감했다. 기실 그가 죽던 날, 천하를 논할 만하다는 고수들은 하나같이 거인의 죽음을 실감했을 것이었다.

 '하지만… 하지만……!'

 설마 백진설 또한 죽었을 줄이야!

 유설태는 떨리는 손을 꽉 쥐었다.

 화무백의 죽음이야 어쩔 수 없다고 생각했다. 오히려 그의 죽음으로써 백진설이 더 높은 경지를 개척할 수 있다면 그것 또한 좋다는 생각도 했다.

철저히 외부인에 지나지 않는 화무백보다는 역시 백진설의 존재가 훨씬 도움이 될 것이 분명하기 때문이었다.

그러나 둘 다 죽었다면 얘기가 다르다.

얻은 것 하나 없이 잃은 것이 너무 크다. 혈교에 있어선 통탄의 타격이라 할 수 있었다.

직간접적으로 얻은 이득은 하나뿐.

미우의 체질이 개선되었다는 것이다.

그러나 그것마저도 백진설의 존재와 비교하자면 터무니없이 작을 따름이었다.

"특이한 반응이란 말이지. 그렇지 않소?"

"…예?"

유설태는 멍한 눈을 깜빡였다.

남궁월은 마치 가면 같은 미소를 얼굴에 두르고 있었다.

"백도의 중심인 무림맹의 군사라면 응당 기뻐해야 할 일이 아니오? 우리의 영원한 적수인 동시에 언제 다시 봉기할지 모르는 저 혈교의 마인들이 죽었으니 말이오."

"지, 지당한 말씀입니다."

"그렇지. 지당한 얘기지. 하지만 군사의 반응은 정반대로군."

유설태의 등허리로 식은땀이 굴러떨어졌다. 마음 같아선

입술을 깨물거나 허벅지를 쑤셔서라도 이 동요를 없애고 싶었다.

하나 그랬다간 한층 더 큰 의심을 받게 될 것이 자명했다.

"아, 아무래도 몸살 기운이 있는 모양입니다."

말을 내뱉고 나서 곧바로 후회했다. 이따위 형편없는 변명이라니.

군사이기에 앞서 상당한 고수인 그가 몸살에 걸렸다는 말을 과연 누가 믿을 것인가.

지나가던 개가 웃을 일이다.

혈교 장로 유설태에게 있어 최대의 위기라 할 만한 상황이었다.

어지간히 둔감한 사람이라도 이만큼 심증이 쌓였다면 모르려야 모를 수가 없으리라.

'내 정체가 탄로 날지도 모른다!'

유설태는 생각했다. 떠올리려 했다. 이 상황을 타개할 수단을. 이 위기를 넘길 묘책을.

그러나 그럴수록 그의 머릿속은 한층 헝클어지고 복잡해지는 것이었다.

벗어날 수 없다.

개미지옥에 빠져도 이보다는 상황이 나을 것이다.

'그렇다면……!'

기습이라도 해야 할까?

유설태는 이내 헛웃음을 뱉으려는 자기 자신을 발견했다.

스스로 생각해 봐도 어처구니없는 얘기였던 까닭이다.

그 누구도 토를 달지 못하는 천하제일인에게 과연 자신의 기습이 통하기나 하겠는가?

기습하겠답시고 살기를 품은 순간 이미 남궁월은 모든 것을 간파해 버릴 터였다.

그리고 유설태는 삽시간에 제압당해 거꾸러지겠지.

일수에 죽는다면 차라리 다행이다. 아마도 남궁월쯤 되는 강자라면 유설태의 혈을 짚어버리는 것도 어렵잖을 것이다.

혀를 깨물 수조차 없게끔 혈을 봉인당한 그를 기다리는 것은 차라리 죽음을 애원하게 만들 고문의 향연일 터였다.

'빠져나갈 길은 없단 말인가?'

유설태는 실패를 직감했다.

그가 정체를 숨기고 무림맹에 스며든 이래 처음 느끼는 감정이었다.

"후후."

나직한 웃음.

유설태는 흠칫했다. 이 웃음은 분명 남궁월의 입에서 흘러나온 것이었다.

모든 것을 알고 있다는 비웃음일까? 승리를 선언하는 박장

대소일까?

혹은 어리석음을 꾸짖는 냉소일까?

그 어느 것도 아니었다.

"하하하하!"

남궁월이 웃음을 터뜨렸다.

문자 그대로의 파안대소. 언성이 크나 시끄럽지는 않고, 유쾌하나 경박하지 않으며, 부드러우나 유약하지 않은 웃음이었다.

그야말로 경쾌한 웃음소리였다.

"맹주님……?"

"휴우!"

웃음을 그친 남궁월이 눈가를 훔쳤다.

어찌나 신명 나게 웃었던지 눈물까지 찔끔 흘러나온 모양이었다.

유설태는 여전히 경직된 상태였다.

솔직히 무슨 일이 벌어지고 있는 것인지 알 수가 없었다.

"예측했던 대로군."

"예?"

"나는 네가 무엇을 생각하고 있는지 안다."

지금까지와는 다른 지극히 자연스러운 하대. 유설태는 그 하대가 마치 숨 쉬는 것처럼 지극히 당연한 것이라고 느꼈다.

그것은 천하제일인이 소유한 격과 식 때문일까? 알 수 없는 일이었다.

남궁월은 미소 띤 눈으로 유설태를 응시했다.

"궁주인 백진설이 죽었으니 부궁주인 심유화 또한 살아 있을 가능성은 희박할 터. 심장과 머리를 잃은 패도궁의 기능이 정지할 것은 불 보듯 뻔한 일이지. 그렇다고 그들을 해산시켜 지천궁과 무한궁에 복속시키는 것 또한 현명한 판단은 아니지. 그들은 오직 백진설을 따르기에 혈교를 따랐던 세력이니 필시 남아 있는 자들 중 절반가량은 혈교를 떠나거나 은둔할 것이 분명해."

"……!"

유설태는 심장이 튀어나올 것만 같았다.

'대, 대체 어떻게?

어떻게 무림맹주 남궁월이 그 모든 것을 알고 있단 말인가?

당장 떠오르는 가능성은 하나뿐이었다.

'우리 중에 내통자가 있었단 말인가?

혈교천세의 도래를 위해 무림맹에 잠입한 혈교도의 숫자는 족히 오백여 명.

그들 중 내부 기밀에도 빠삭한 고위층은 유설태를 포함해 다섯 명이 채 되지 않았다.

그중 누군가가 배신을 했다?

만약 그렇다면 정말 모든 게 끝장이었다.

그때 남궁월이 한마디를 툭 던졌다. 마치 지나가는 바람처럼.

"배신자는 없다. 쓸데없는 걱정을 할 필요 또한 없지. 좀 안심이 되나?"

"…큭!"

유설태는 자기도 모르게 침음을 흘렸다. 남궁월은 그 모습을 보며 빙긋 웃었다.

"계속 떠들어볼까? 혈교 전력의 큰 축을 담당했던 게 패도궁인만큼 이번 타격은 너무나 뼈아프지. 게다가 당초의 목표인 무림맹 내부 요인들의 제거는 지지부진하군. 정작 가장 중요한 암살자가 완성되지 않았으니 말이야."

"……!"

"더군다나 예기치 못한 외부의 변수 또한 존재하지. 감히 암제를 자처하는 자, 암천비류공을 익힌 또 하나의 존재."

"뭣!"

유설태는 자기도 모르게 경악성을 뱉었다.

수많은 의문점이 머릿속에서 소용돌이쳤다. 대체 남궁월이 어떻게 암제를 아는가 하는 것도 의문이었으나 가장 중요한 의문점은 역시 하나였다.

"놈이 암천비류공을 익혔단 말입니까?"

"그래."

"말도 안 되는! 한시도 암천비류공의 비급이 외부로 새어 나간 적이 없는데, 대체 놈이 어떻게 그것을 익혔단 말입니까?"

"설명하자면 꽤 복잡한 얘기가 되겠지만……."

남궁월은 담담히 말했다.

"간단히 요약하자면, 놈에게 그걸 가르친 자는 너다."

"뭣……!"

"아니, 엄밀히 말하면 너라고 할 수는 없겠군. 하지만 또 다른 너라고 하는 것도 적절한 표현 같지는 않단 말이지."

"……?"

유설태는 점점 혼란 속으로 빠져드는 기분이었다. 남궁월도 그걸 느낀 모양이었다.

"이 얘긴 잠시 보류해 두지. 어쨌든 지금 네가 해야 할 일은 패도궁과 무한궁, 지천궁의 삼대 파벌 바깥에 위치한 혈교도들의 규합이다. 특히나 만박서생 유숭과 철혈염라 철극심은 필수로 포섭해야 할 것이다."

잇따른 정보의 홍수에 유설태는 버티지 못하고 헐떡였다. 그는 도저히 믿을 수 없다는 눈으로 남궁월을 바라봤다.

"대답해 주십시오. 맹주님께선 어찌 그 모든 것을 알고 계시는 겁니까? 또한 모든 것을 꿰고 계신다면, 어째서 저를 처벌하려 들지 않으십니까?"

남궁월이 피식 웃었다.

"왜, 혈교도로 몰려 처참하게 죽고 싶은 것이냐?"

"그것은 아니지만……."

"그렇다면 그런 멍청한 질문을 할 필요는 없겠지. 만약 내가 너를 돕고자 한다면 그 이유는 뻔한 것이 아니겠나?"

"그건……."

"같은 편이라는 것."

남궁월은 빙긋 미소를 지었다.

"실로 간단한 얘기지."

"……."

그건 그랬다.

하지만 유설태로서는 도저히 믿기 힘든 상황이 아닐 수 없었다.

다른 이도 아니고 무림맹의 맹주라는 자가 무림맹의 멸망을 바란단 말인가?

도저히 납득할 수 없는 얘기였다.

유설태 자신이야 본디 혈교의 장로이며 현 무림맹 군사라는 직책은 허울일 뿐이다. 하지만 남궁월은 그렇지 않았다.

만약 그가 혈교의 인물이었다면 유설태가 모를 리 없을 테니까.

'그렇다는 건……!'

한 가지 가능성을 떠올린 유설태가 황급히 남궁월에게 물었다.

"매, 맹주님께선 천마신교의 진전을 이어받으신 겁니까?"

"천마신교? 하하하하!"

남궁월은 정말 우습다는 듯 앙천대소를 터뜨렸다. 상대방을 바보 취급하는 웃음임이 명백했다. 유설태의 얼굴빛이 창피함으로 물들었다.

웃음을 그친 남궁월이 말했다.

"제법 독창적인 발상이었다는 점은 인정해야겠군."

"……."

결국은 허무맹랑하다는 소리였다. 유설태는 관례를 갓 치른 애송이가 된 기분이었다.

남궁월은 미소를 지우지 않은 채 말을 이었다.

"미안하지만 네 추측은 틀렸다."

"그렇다면 대체……."

"지금 네 질문에 모두 대답할 생각은 없다. 지금 네가 해야 할 일 또한 시시콜콜한 질문 따위를 하는 것이 아니고 말이야."

그건 그랬다.

당장 눈앞에 깔린 문제는 다름 아닌 혈교 내의 혼란을 수습하는 일이었다.

유설태를 지그시 바라보던 남궁월이 말했다.

"요양을 핑계로 한 휴가를 내 주도록 하지. 그동안 궁으로 돌아가 혈교를 수습해라. 가는 길에 암제… 아니, 지금은 다른 이름이겠군. 하여간 그 계집 또한 데려가라. 제법 시간이 넉넉할 테니 암천비류공을 익히기엔 충분할 테지."

"……."

유설태는 흔들리는 눈동자로 남궁월을 바라봤다. 이자는 대체 어디까지 알고 있는 것일까?

'이건 마치 나보다도 나에 대해 더 잘 알고 있는 것 같지 않은가?'

그뿐인가? 혈교 장로인 유설태보다도 혈교의 사정에 더 빠삭했다.

이건 도저히 이해할 수가 없는 일이었다.

그렇기에 또 다른 의문도 커져 가는 것이었다.

"실례를 무릅쓰고 질문 하나만 더 하겠습니다. 부디 윤허해 주십시오."

"분명 질문은 끝이라고 했을 텐데?"

남궁월의 눈빛이 겨울날 삭풍처럼 싸늘해졌다.

유설태는 순간 목구멍에 칼날이 들어온 듯한 기분에 몸서리를 쳤다.

"크윽……!"

실로 무시무시한 압박감.

그가 마음만 먹는다면 자신쯤은 다진 고기 꼴로 만들어 버릴 수 있으리라.

유설태는 그렇게 확신했다.

"하지만."

그 한마디에 사위를 잠식하던 살기가 거짓말처럼 사라졌다.

"내가 널 죽인다면 그것만큼 어처구니없는 익살극도 없을 테지. 물어라. 허락하는 질문은 하나뿐. 그 이상은 용납지 않겠다. 내 정체를 묻는 따위의 질문 또한 거절한다."

"…감사합니다."

유설태는 신중하게 생각했다. 하지만 쉽사리 질문을 꺼내진 못했다.

'힘들구나.'

말을 꺼낸다는 것이 이만큼 힘겨운 일인지 그는 난생처음 깨달았다.

수십 가지의 질문이 그물에 걸린 송사리 떼처럼 마구잡이로 튀어 올랐다. 그중 택할 수 있는 것은 하나뿐. 어설픈 것을 택했다간 한동안 악몽에 시달리게 될지도 모를 일이었다.

"오래 기다려 주겠다고 말한 적은 없는데."

시큰둥한 남궁월의 말에 유설태는 당황했다.

"죄, 죄송합니다."

그는 황급히 머릿속을 정리했다.

그러고 나서도 약간의 시간이 흐른 뒤에야 겨우 질문을 꺼낼 수 있었다.

"암제의 정체는 대체 무엇입니까?"

**3장**

서신 한 장

"천하제일인 말인가요?"

흑련은 새삼스럽다는 표정이었다.

"그야 검제 남궁월이죠. 대체로 그렇게 알고 있지 않나요?"

"그렇단 말이지……."

현월은 나직이 중얼거리고는 방을 나섰다. 흑련이 재빨리 뒤따라 나왔다.

"왜 그러시죠?"

"일곱 명째야."

"네?"

"좀 전의 질문, 전부 일곱 명에게 던져 봤어. 반응이 하나같이 똑같더군. 왜 이런 새삼스러운 질문을 하느냐는 표정과 눈빛이었어."

"그야……."

"당연한 거다 이거지? 무림맹주 남궁월이 어느 날 갑자기 단천의 깨달음을 얻어 하늘을 가르는 신기(神技)를 선보였다. 그것을 본 뭇 무림의 고수들은 자신들의 모자람을 깨닫고는 남궁월에게 검제의 별호를 갖다 바쳤다."

흑련은 떨떠름하게 고개를 끄덕였다. 그것은 그녀가 알고 있는 바와도 일치했다.

또한 너무나 당연한 얘기인지라 의심해 본 적도 없었다.

직접 보았느냐고 묻는다면 물론 그녀는 아니라고 할 것이다.

그리고 이는 지극히 당연한 얘기였다.

어느 강자에 대한 이야기나 소문은 결국 입에서 입으로 전해지는 것에 지나지 않았으니까.

그 과정에서 다소간의 과장과 허풍이 가미되는 것은 다반사다.

그렇기에 암류방이나 개방, 하오문과 같은 정보 집단에 가치가 존재하는 것이다. 그들이 제공하는 정보에는 흐르는 소문은 감히 범접치 못할 신뢰도라는 것이 있었으니까.

금왕만 해도 그랬다.

암류방의 운영자금 중 가장 많은 비중을 차지하는 것이 정보망 강화 및 유지였다.

정보 집단에 있어 한 번의 실수는 곧 신뢰도의 타격과도 이어지는 까닭이다.

그리고 남궁월은 암류방과 개방, 하오문이 한입을 모아 천하제일인이라 지칭하는 자.

이는 곧 진리와도 같은 사실이었다.

그것에 의문을 제기하는 것 자체가 무의미한 일.

'그런데 어째서?'

흑련은 궁금했다.

'이 사람은 왜 그 사실에 당혹해하는 거지?'

당혹감.

현월이 내비치는 감정은 바로 그것이었다.

평소 현월의 냉정한 성격, 그리고 현검문의 장자라는 입지를 알고 있는 그녀로서는 이해하기 어려운 일이었다.

현월은 걸음을 재촉했다.

하지만 자신이 어디를 향해 걸어가야 하는지는 알 수 없었다.

결국 정처 없이 걷다가 마을 어귀까지 나와 버렸다.

"후우."

한숨이 절로 나왔다.

머릿속이 마구 헝클어진 실타래처럼 느껴졌다. 어디서부터 풀어야 할지 도무지 알 수가 없었다.

차라리 진짜 실타래라면 버리는 셈치고 가위로 잘라 버리기라도 할 텐데. 그런다면 최소한 마음만은 후련할 텐데.

이 답답함을 해소할 길이 없었다.

현월은 말없이 허공을 응시했다.

'차라리 잘된 일이 아닌가?

현월이 겪었던 미래, 무림맹이 혈교에 의해 무너졌던 이유는 무엇이었을까?

수많은 이유를 댈 수 있을 것이다. 백도 무림 요인들의 씨를 말려 버린 암제의 존재, 교묘하고도 철저했던 유설태의 내부 공작, 패도궁을 위시로 한 혈교의 강대한 무인들…

하나 그 모든 요인을 한 가지로 요약하자면, 결국 하나의 문장으로 귀결됐다.

'무림맹이 혈교보다 약했기에.'

그랬다. 결국은 그것이었다. 약했기에 요인들이 암살당했고, 약했기에 공작이 통했으며, 약했기에 마침내 무너진 것. 무림맹의 멸망은 바로 약했기에 일어난 결과였다.

그리고 되돌아오게 된 과거.

뜻밖에도 맹주 남궁월은 천하제일인으로 추앙받고 있었다.

'내가 돌아옴으로 인해 과거의 상황이 바뀐 걸까?'

만약 그런 거라면 천만다행이었다. 어쩌면 현월은 혈교 멸망이라는 목적에 있어 가장 든든한 우군을 얻은 것인지도 몰랐다.

'하지만……'

만약 그런 게 아니라면?

유설태의 꼭두각시 노릇을 하던 시절부터 현월은 그 누구도 믿지 않았다.

아니, 단 한 사람, 유설태만큼은 믿었었다. 그리고 철저하게 배반당했다.

그 이후 현월은 결심했다.

어느 누구도 신뢰하지 않으리라. 가까운 이라 하더라도 철저히 의심하고 거리를 둘 것이다. 복수행을 혼자만의 피로 점철하는 한이 있더라도 철저히 의심하고 또 의심하리라.

그 의심의 대상은 세상 모든 것이었다. 가족들조차 예외는 아니었다.

현월은 아버지 현무량을 존경했으며 동생 현유린을 귀여워했으며 어머니 채여화를 경애했지만 그중 어느 누구도 신뢰하지는 않았다.

그러한 잣대는 이번이라 하여 다르지 않았다. 현월은 남궁월 또한 의심했다.

'그가 정녕 검제이자 천하제일이라는 무명을 얻을 정도의 힘을 가지게 된 걸까? 이 또한 혈교의 모략인 걸까? 현재의 남궁월이 내가 알던 맹주와 동일한 인물일까?'

의문은 꼬리에 꼬리를 물고 이어졌다.

하지만 그중 어느 것 하나 속 시원히 해결되는 것은 없었다.

아무런 단서도 없이 질문만을 해야 하는데 답이 나올 리 없었다.

"왜 그러는 거예요? 괜찮아요?"

흑련이 걱정스러운 어조로 물었다.

예전의 그녀였다면 결코 보이지 않았을 어조와 반응이었다.

잠시 침묵하던 현월이 말했다.

"궁사독과 하오문도들을 불러줘."

"그들은 갑자기 왜요?"

"시킬 일이 있어."

미묘한 시선으로 현월을 응시하던 흑련이 몸을 돌렸다.

"알겠어요."

하오문도들은 반각이 되지 않아 현월이 있는 곳으로 달려왔다.

"부르셨습니까?"

"응, 몇 가지를 좀 물어봐야겠다."

궁사독이 대표 격으로 반문했다.

"그건 하오문에게 정보를 구하겠단 말씀입니까?"

"아마도. 일단은 너희들에게 몇 가지 좀 물은 후에 결정할 생각이야."

"저희가 아는 한도 내에서 성심성의껏 대답해 드리겠습니다."

"그것도 좋지만, 이런 질문을 하는 날 미쳤다고 생각하지는 말아줬음 좋겠어."

하오문도들은 멍청한 표정으로 눈만 껌뻑거렸다.

"어떤 질문이기에 그러십니까?"

"작금의 천하제일인이 누구지?"

껌뻑껌뻑.

'이 작자가 미쳤나?'

궁사독과 하오문도들은 사이좋게 같은 생각을 떠올렸다.

물론 내색하려 하지는 않았지만 현월의 눈을 피하기엔 역부족이었다.

"무슨 생각을 하는지 뻔히 보이는군."

"그, 그럴 리가 있겠습니까!"

"저희는 결코 아무 생각도 하지 않았습니다!"

"아무 생각도 안 했다면 그건 그것대로 문제잖아. 어쨌든 질문에나 대답해."

"그, 그야……."

궁사독이 더듬더듬 말을 꺼냈다.

"당연히 무림맹주이신 검제 남궁월이 아니겠습니까."

"그래, 이걸로 여덟 번째란 말이지. 어쨌든 암류방에 이어 하오문까지 그리 말할 정도라면 개방 쪽엔 물어보나 마나겠군."

"그거야……."

"하오문에 정식으로 의뢰를 하고 싶다."

현월이 스산한 어조로 말했다.

"무림맹주 남궁월에 대한 모든 정보를 취하고 싶다."

"예?"

"남궁월의 출신과 과거를 비롯해 모든 것, 하오문이 지니고 있는 극비 정보까지 모조리 내놓으라고 전해. 물론 그에 맞는 대금을 지불할 거라고도 전하고."

하오문도들은 멍하니 현월을 바라볼 따름이었다.

"이, 일단 말씀은 그대로 전해 드리겠습니다. 하지만 상부에서 어떤 판단을 내릴지는 모르겠습니다."

"잘 판단해야 할걸."

해석의 여지가 넘쳐 나는 대답이었다. 찔끔한 궁사독이 조심스레 물었다.

"저, 암제님, 설마 그분들이 의뢰를 거절한다고 해서 문제를 일으키시진 않으시겠지요?"

"그래."

이번에도 미묘한 대답. 대체 어떤 것이 그렇다는 것일까?

"그렇다고 하심은……?"

"문제를 일으킬 생각이 없다고."

현월이 혀를 차며 대꾸했다. 궁사독과 하오문도들은 내심 안도했다.

그러나 이어진 말에 얼음장처럼 굳었다.

"하오문의 수뇌부를 직접 찾아가기는 하겠지만."

\*　　　\*　　　\*

쿵쿵쿵쿵!

흥분한 유설태가 복도를 걸었다. 평소의 그답지 않게 잔뜩 힘이 들어간 걸음에 고요한 복도가 소음에 휩싸였다.

서고에 도착한 유설태가 눈빛을 불태웠다. 자잘한 문건들을 보관하는 서고였는데, 그중에서도 특히나 시시콜콜한 서한들이 주를 이뤘다.

거침없이 안으로 들어간 유설태가 서고 한구석을 집중적으로 뒤졌다.

비교적 최근 문헌, 올해 작성된 서신들이 보관되는 위치였다.

기어코 서신 하나를 쑥 뽑아낸 유설태가 눈을 빛냈다.

"이거군."

거칠게 서신을 펼쳤다.

그 서슬에 귀퉁이가 부욱 찢어졌다.

하지만 유설태는 개의치 않고 행간을 읽어 내려갔다. 참으로 전투적인 독해였다.

사실 별 의미는 없는 일이었다. 그의 목적은 서신의 맨 밑바닥에 존재했으니까.

발신자의 이름이 유설태의 망막에 비쳤다.


현검문주 현무량


"현검문!"

그랬다. 현검문. 여남에 소재한 별 볼 일 없는 군소 문파.

유설태는 반시진 전의 일을 떠올렸다.

무림맹주 남궁월과의 대화.

그 말미에 있었던 유설태의 마지막 질문에 그가 건넨 대답을.

놈의 이름은 현월이다.

도저히 잊을 수 없는 대답이었다.

너라면 그것만으로도 알아낼 수 있을 테지.

반시진 전에는 그게 무슨 말이냐고 되묻고만 싶은 심정이었다.

현월이란 이름이 지극히 낯설었던 까닭이다.

때문에 집무실에 틀어박혀 생각하고 또 생각했다. 그 와중에 머릿속을 번뜩 스쳐 가는 이름이 있었고 확인을 위해 이곳까지 달려온 차였다.

"그래, 그랬어. 현무량 놈의 아들 이름이 현월이라 했었다."

마침내 알아냈다, 암제란 놈의 정체를.

유설태는 몸을 휘감는 흥분감에 부르르 떨었다.

거짓일 가능성은 극히 낮았다. 남궁월의 진정한 정체와 그가 어찌 혈교의 사정을 속속들이 꿰고 있느냐는 알 수 없었다.

하지만 그를 믿을 수 있다는 사실 하나만큼은 분명해 보였다.

그쯤 되는 강자가, 손가락으로 개미를 짓누르는 것보다 더 간단히 유설태를 죽일 수 있는 자가 모든 것을 알면서도 유설태를 용인해 준다는 것.

그것만으로도 이유는 충분했다.

그렇기에 유설태는 확신할 수 있었다. 현검문주의 아들인 현월이 바로 암월방의 방주이자 여남의 흑도를 지배하는 암제였다.

눈엣가시 같은 놈!

"네놈이!"

유설태는 기어코 서신을 찢어발겼다. 팽창된 팔 근육이 흉물스레 꿈틀댔다.

그러고도 분이 풀리지 않아 서신을 내던지고는 짓밟았다.

그는 애써 분노를 가라앉혔다.

'냉정을 되찾아야 한다. 이래서는 될 일도 그르칠 수가 있다.'

현월이란 놈이 암제라는 것까진 알아냈다. 하지만 그다음이 문제였다.

어찌 되었든 현검문은 백도의 방파. 그 규모나 영향력이야 대호 앞의 쥐새끼와 다를 것이 없었지만 그렇더라도 엄연한 일문이었다.

치기 위해서는 그만 한 명분이 필요하다.

어지간한 방법으로는 소용없을 것이 분명했다. 이미 유성문과 소림사를 움직여 보았으나…

'실패했지.'

유성문은 하남성에서 근래 떠오르는 방파 중 으뜸이었고 무림의 태산북두인 소림이야 말할 것도 없었다. 그런 데도 실패한 것이다.

오히려 그 과정에서 수족과도 같던 소림의 금강 원로들을 잃고 말았다.

병아리 한 마리를 씹어 먹으려다 이빨이 빠져 버린 격이다.

'게다가……!'

암제는 화무백과 백진설의 죽음에도 관련되어 있었다. 남궁월이 한 말이니 아마도 그러할 터였다.

단순한 방법으로 해치우기엔 너무나 커버렸다. 해치울 거라면 머릿속의 신산지계를 총동원해도 모자랄 판이었다.

하나 그러기엔 현 상황이 여의치 않았다.

유설태는 비통함에 입술을 피가 나도록 깨물었다.

"지금 당장은 역시 무리인가……!"

일단은 혈교의 상황을 수습해야 했다. 확인할 것도 없이 지금쯤 엄청난 혼란이 삼대 궁과 여타 혈교도들을 강타하고 있을 터였다.

그중에서도 가장 중요한 것은 역시 패도궁의 수습이었다.

서고를 나온 유설태는 집무실로 향했다.

집무실에선 미우가 기다리고 있었다. 그녀는 우왕좌왕하고 있었는데, 안 그래도 분노가 머리끝까지 치솟은 유설태로서는 짜증이 유발되는 광경이었다.

"무슨 일이더냐!"

자기도 모르게 호통을 치는 어조가 되었다. 약간의 후회가 들었으나 이미 내뱉은 말이었다.

미우가 울먹였다.

"구, 군사님, 그게……."

유설태는 어조를 조금 부드럽게 했다.

"경거망동하지 말고 침착하여라. 일단은 진정한 후에 무슨 일인지 말하려무나."

"시신이……."

"시신?"

"네, 두 구의 시신이 무림맹으로 운반되었어요. 조금 전에 전달받았는데, 무척 중요한 일이라 하셔서 군사님을 찾고 있었어요."

대체 그게 누구의 시신이기에?

길게 생각할 것도 없었다. 유설태는 묻지 않아도 알 것 같왔다.

"일단은 그곳으로 안내하거라."

*　　　*　　　*

유설태의 예상은 맞았다. 하지만 그 사실에 만족감을 느낄 수는 없었다.

도리어 온몸의 힘이 쭉 빠지는 느낌이었다. 하지만 지금 이 자리에서 내색을 해서는 안 되었기에 유설태는 전력을 다해 두 다리를 지탱했다.

정갈한 형태의 관구(棺柩)가 둘.

안에 들어 있는 것은 젊은 남녀의 시신이었다. 그리고 첨부되어 있는 한 장의 서신이 존재했다.

사실 서신을 읽을 필요도 없어 보였다. 각 관구에는 시신들의 이름이 적혀 있었으니까.

혈교 패도궁주 백진설
부궁주 심유화

스윽.

누군가 유설태의 눈앞에 서신을 내밀어 보였다. 군사부에 속한 수하들 중 하나였다.

"이게 관구 안에 있었습니다."

듣지 않아도 알고 있는 얘기였다. 유설태는 왈칵 노기가 치밀었으나 역시 내색하지는 않았다.

"읽어봐야겠군."

담담한 척 서신을 받아 펼쳤다. 손이 자꾸만 떨렸기에 있는 대로 힘을 꽉 주었다.

내용은 간단했다.


우연찮은 기회에 두 혈교도를 처치하게 되어 그들의 시체를 무림 맹으로 보낸다.

그들의 신분을 증명할 수단 따위는 없으니 믿기 싫으면 말도록.

혈교천세의 기치는 떠오르기도 전에 무너져 버릴 것이다.

암제.


"암… 제……!"

어떻게든 참으려 했으나 기어코 노기 어린 목소리가 잇새로 새어 나왔다.

유설태는 자신의 실수에 후회했지만 이미 엎질러진 물이었다.

사실 괜한 걱정이었다.

주변에 있던 이들로선 유설태의 속내를 짐작할 수가 없는 일이었으니.

그들은 그저 암제라는 이름에만 놀랄 따름이었다.

"암제라니… 설마 여남의 흑도를 주름잡는다는 그 흉수 말인가?"

"그자가 해치운 이가 혈교의 패도궁주라고?"

좌중이 웅성이기 시작했다. 이게 정녕 사실이라면 기함을 토할 일이었다.

물론 기뻐할 일이기도 했다. 흑도의 무리들끼리 자중지란을 일으킨 셈이니 무림맹으로서는 어부지리만 취하면 될 일이었다.

"멍청한 놈들이군! 힘을 합쳐도 모자랄 판에 서로를 쳐 죽이다니!"

"그러게 말이오! 우리로선 그저 감사할 일이 아니겠소?"

"허허, 암제란 놈에게 고마움을 느껴보는 건 이번이 처음 같소이다."

아무것도 모르는 무인들이 되는 대로 떠들어대는 소리.

유설태로서는 마음속으로 이가 갈릴 일이었다.

하지만 마음 한구석에서는 공포마저 느껴지는 것이 사실이었다.

서신의 말미에 적혀 있는 구절 때문이었다.

혈교천세!

그 네 글자. 별것 아닌 것으로 보일 수도 있으나 유설태에게는 결코 그렇지 않았다.

마치 이 문장 자체가 그에게 보내는 암제의 경고처럼 느껴졌던 것이다.

'아니, 경고가 아니다. 경고라기보다는 마치……'

선언에 가까운 한마디.

유설태는 방향 모를 허공을 노려봤다.

'네놈도 마찬가지란 말이더냐? 네놈도 내 정체를 알고 있더란 말이냐?'

만약 그런 거라면, 진실로 그런 거라면…

"군사님?"

유설태는 퍼뜩 정신을 차렸다.

문사들 중 하나가 우물쭈물하고 있었다.

"뭐지?"

"그것이… 저 혈교도들의 시체를 어찌 처리할지 말씀해 주십사……."

유설태는 힐끔 시선을 돌려 관구를 일별했다. 최대한 생전의 모습에 가깝게 복원된 백진설의 모습은 마치 잠든 것 같았다.

패도궁주인 그와 지천궁주인 자신은 혈교 내에서도 손꼽히는 앙숙이었다. 백도 무림의 멸망 하나만을 위해 일생을 바친 유설태와 달리 백진설은 언제나 여유작작한 태도를 고수했다.

그래서 유설태는 백진설을 싫어했다.

그는 유설태에게 있어 얄미운 놈일 수밖에 없었다. 천부적인 자질을 타고났으면서도 그 힘을 동도들을 위해서는 좀처럼 쓰지 않으려 한다는 것. 그게 유설태로서는 영 마뜩잖았다.

'하지만……'

지금 저렇게 평온한 모습을 보니 유설태로서도 마음속에 한줄기 비감이 스치는 기분이었다.

물론 그것을 겉으로 드러낼 만큼 그는 멍청하지 않았다.

"가증스러운 혈교의 무리다. 저 연놈의 시체를 꺼낸 뒤에 뼈가 문드러질 때까지 편태(鞭笞)로 두들겨라. 부관참시(剖棺斬屍)가 끝난 후엔 모두가 훤히 볼 수 있는 곳에 시체를 걸어두어 까마귀들에게 쪼아 먹히게 해라. 이는 흑도 무림을 향한 무림맹의 고절한 선언이 될 것이다. 악을 결코 용납하지 않겠다는 백도 무림의 포고가 될 것이다."

당당한 유설태의 대답에 모두들 경탄스러운 시선을 보냈다.

"알겠습니다. 하면 저 암제라는 자의 서신은 어찌 처리할지요?"

유설태는 다짜고짜 서신을 찢어버렸다.

"이 자리의 모두에게 분명히 말해두지. 암제란 놈 따위는 알 바 아니다. 저 연놈은 우리들 무림맹에 의해 최후를 맞이한 것이다."

"……."

"이 자리에 있는 모두의 얼굴을 나는 분명히 기억한다. 허튼 소문이 퍼지게 된다면 너희들 모두를 호출하여 경을 칠 것이니 그리 알라."

"예, 옙!"

**4장**

치명적인 우연

　소문은 삽시간에 입에서 입으로 퍼졌다.

　백진설의 시체에는 백 대의 태형이 선고되었다. 백 번에 걸친 채찍질은 살가죽을 찢는 걸로 모자라 뼈를 부수고 관절을 뒤틀어놓았다.

　문자 그대로 부관참시.

　태형이 모두 끝난 뒤에 남은 것은 사람이라 부르기도 애매한 살점에 지나지 않았다. 생전에는 그 어떤 강철조차 해하지 못했을 육신이었으나 죽은 뒤에는 그저 고깃덩이에 지나지 않았다.

그것으로 끝이 아니었다.

혈교에 대한 사람들의 분노는 채 뇌리 속에서 완전히 잊히지 않은 채였고 결과적으로 백진설의 시체는 분노한 군중의 손에 의해 갈가리 찢겨 형체도 알아볼 수 없게 됐다.

심유화 또한 같은 취급을 당했다. 그녀의 시체는 흥분한 이들의 손에 욕보여졌고 처참한 모습으로 길바닥에 던져졌다.

"그것을 가리켜 잔혹한 처사라 할 수는 없을 것이오. 혈교에 대한 공포와 증오심은 강호의 뇌리에 너무나도 깊숙이 박혀 있는 것이니."

"하지만 정당한 처사였다고 말하기도 힘들 거요."

"그렇다 해서 우리가 관여할 계제는 아니지 않소? 어차피 모든 것은 무림맹주와 군사의 뜻일진대."

호롱불 하나가 외로이 타오르는 방.

둥글게 둘러앉은 이들이 평온한 어조로 대화를 나누는 중이었다.

얕은 불빛에 음영을 드러내는 얼굴들. 하나같이 주름지고 거친 것이 마치 그들의 험난했던 과거를 상징하는 것만 같았다.

이들은 하오문의 실세라 일컬어지는 칠노야(七老爺)였다.

하오문 내에서 가장 많은 정보와 비밀을 간직하고 있는 자들.

중원의 모든 대소사에 정통하다는 노인들이 바로 그들이었다.

밑바닥 인생의 결합체인 하오문을 지금껏 경영해 온 것이 그들 칠노야였다.

칠노야의 안배에 의해 하오문은 누구나 가벼이 볼 수 있으나 황제조차 함부로 얕잡아 볼 수 없는 집단으로 성장했다.

그런 칠노야가 한자리에 모인 것은 실로 오랜만의 일이었다.

그들은 지극히 실용적인 성격이었기에 잘 지냈느냐는 따위의 사사로운 대화는 한마디도 나누지 않았다.

조금 전의 대화만 해도 전원이 모이자마자 흘러나온 것이었다.

"행위의 정당성을 판가름하는 것은 우리가 해야 할 일이 아니오."

"음."

"우리가 해야 할 일은 현재의 정보를 취합하여 미래의 상황을 예측하는 것."

"또한 그 미래가 어떤 식으로 본문에 영향을 미치게 될지를 파악해 그에 대비하는 것이오."

"새삼스러운 말씀들을 하시는군."

"자자, 사담은 이쯤에서 끝냅시다. 밤은 짧고 할 얘기는 많소."

"음."

짧은 침묵이 방 안을 휘감았다.

"누가 먼저 말씀하시겠소?"

"제가 하지요."

손을 든 이는 작달막한 체구의 노인이었다.

"군사부 이급 문사인 채봉유의 시비가 얻어낸 정보외다."

하오문을 구성하는 것은 점소이나 시비, 하인과 기녀와 같은 이들이었다. 그리고 이들은 그 특성상 때때로 세상 그 무엇보다 중요한 정보를 가장 가까이서 접할 기회가 많았다.

"잠자리에서 자랑하듯 떠들어대는 것을 기억해 두고 있었다더군."

"잡설은 됐소. 그 정보란 게 무엇이오?"

"무림맹에 배달된 것이 관구 두 개뿐만이 아니었다는구려."

"다른 뭔가가 있었단 말씀이오?"

"그렇소."

자그만 체구의 노인이 구멍이 성성한 이를 드러내며 웃었다.

"서신이 있었다더군."

"흐음."

"호오."

나머지 여섯 명의 노야가 눈을 빛냈다.

서신과 암호, 문헌과 비문이야말로 이 세상 그 무엇보다도 그들의 관심을 끌어당기는 것들이었다.

"내용에 대해서도 들었다고 하오?"

내내 웃는 낯이던 노인의 얼굴이 살짝 굳었다.

"그것까진 알아내지 못했다는구려."

"그럼 별 의미가 없는 얘기로군."

"의미가 없지는 않소."

또 다른 노인이 끼어들었다.

"마찬가지로 군사부 소속 하인이 알아낸 정보요. 총군사 유설태가 분개한 기색으로 서신을 찢어버리는 것을 목격했다는군."

"흐음?"

"또한 그자가 중얼거린 이름이 있었다고 하오."

"그게 뭐랍디까?"

"암제."

한차례의 고요가 다시금 방 안을 휘감았다. 노야들은 분주하게 시선을 교환했다.

"암제라면 여남의 그……?"

"그렇소. 듣자 하니 놈에게 궁사독과 문도 일부를 붙여주었던 걸로 기억하는데⋯⋯."

"그건 노사께서 결정한 바였소."

"으음."

칠노야는 침음을 삼켰다. 하오문도들로부터 노사라고 불리는 존재는 그들 칠노야로서도 감히 어쩌지 못하는 인물 중 하나였다.

하지만 실질적인 권력은 칠노야에게 있었다. 노사는 권력과 가까운 인물이라기보다는 그저 문도들의 존경을 받는 큰 어르신에 가까웠다.

물론 그것은 표면적인 관점에서 보았을 때의 이야기.

칠노야는 알고 있었다.

노사라 불리는 노인의 진짜 정체가 바로 저 암류방의 주인인 금왕이라는 것을.

아무리 하오문의 세력이 중원 곳곳에 퍼져 있다고 하나 그들은 결국 일개 정보 집단에 지나지 않는다. 안으로는 무림 곳곳의 강자들과 연을 맺고 있으며 바깥으로는 제국의 권력에까지 연줄이 닿아 있는 금왕에 비할 바는 아니었다.

"그분이 애지중지하는 자라면 함부로 뒤를 캐내기 어렵겠군."

"한데 유설태가 그자를 언급한 연유는 무엇일까요?"

"그야 뻔한 것 아니오? 아마도 백진설의 죽음에 그 암제란 작자가 관여된 것이겠지."

"어쩌면 서신을 보낸 자가 암제라거나?"

칠노야의 얼굴이 한층 심각해졌다.

"정녕 그게 사실이라면 좋지 않군."

"그자가 진정 금왕의 비호를 받고 있다면 우리로서도 함부로 정보를 캐낼 수 없지 않겠소?"

"아니, 아직은 모르는 거요. 금왕은 변덕이 죽 끓듯 하는 인간이니."

"백진설을 죽인 것이 암제라면……."

"아니, 그건 말이 되지 않소. 게다가 그것만으로는 화무백의 죽음에 대해 설명할 길이 없소."

익숙한 이름에 나머지 칠노야 전원이 미간을 구겼다.

"천겁마신. 그러고 보니 그를 잊고 있었군."

"사실 백진설의 죽음보다도 충격적인 게 그의 죽음이 아니겠소?"

천하제일에 가장 근접했다는 사내.

무림지존이라 해도 과언이 아닌 검제 남궁월과 무승부를 기록한 유일한 존재.

백진설의 이름이 오르내리는 것은 잔혹함마저 느껴지는 무림맹의 부관참시 때문이었다.

당장 눈에 보이는 자극적인 모습이 사람들의 신경을 빼앗아 간 것이다.

하나 그 죽음의 무게를 따지자면 백진설의 죽음은 화무백의 죽음에 미치지 못했다.

"간단한 얘기로군."

왜소한 체구의 노인이 단정 짓듯 말했다.

"암제와 백진설이 화무백을 협공하여 죽인 거요. 그 과정에서 백진설이 치명상을 입어 목숨을 잃었거나 싸움이 끝난 후에 암제에게 당했을 테지. 암제는 고스란히 둘의 명성을 취하게 된 셈이고."

"마지막 말엔 어폐가 있군. 암제가 정녕 명성을 바랐더라면 두 괴물의 죽음을 천하에 당당히 선포했을 거요."

"그거야말로 얕은 생각이오."

"얕은 생각이라니?"

"어차피 중요한 것은 자질구레한 어중이떠중이들이 지껄여대는 소리가 아니다 이 말씀이오. 이미 우리 또한 이 모든 것이 암제의 소행임을 알아내지 않았소? 또한 암제는 금왕의 총애를 받는 입장이지요."

"그렇다는 건……."

"암류방의 주 고객층, 세상을 배후에서 지배하는 자들만큼은 똑똑히 알게 될 거라는 얘기요. 그들에게 자신의 이름을 널리 알리는 것이야말로 진정한 유명세를 떨치는 일이라 할 수 있지."

"흐음."

"하지만 그 또한 아직은 추측일 뿐이오. 화무백과 백진설
의 죽음이 정확히 어떠했는지는 아직 알 길이 없소."

"그건 그렇구려."

그때 내내 침묵하고 있던 노야 한 명이 입을 열었다.

"그… 암제 때문에 말입니다만."

"뭔가 알고 있는 바라도 있소?"

"그것은 아닙니다만 사실 얼마 전에 궁사독을 통해 전달된
건이 하나 있습니다."

"건이라니?"

"정확히는 평범한 조사 의뢰입니다만 그것이……."

잠시 뜸을 들인 노야가 말을 이었다.

"의뢰자가 바로 그 암제입니다."

\*      \*      \*

"그럼 이제 돌아가 볼게요."

마차에 오르기 전 임수향이 현검문의 식구들을 돌아봤다.

"그동안 보여주신 환대, 결코 잊지 않을게요."

"또 놀러오렴."

"다음에 또 시장에 놀러가요."

유화란과 현유린의 말에 임수향은 미소를 지었다.

"다음번엔 관주님도 데리고 올게요."

"그 천하제일의 게으름뱅이라는 분? 과연 같이 오려고 할지 모르겠네."

"먹을 걸로 유인하면 될지도 몰라요. 지금쯤 배를 쫄쫄 굶고 있을지도 모르겠어요."

웃으며 대꾸한 임수향의 시선이 약간 뒤쪽으로 향했다.

"그러고 보니 별로 얘기를 나눠보지 못했네요. 현월 소협, 맞죠?"

현월은 말없이 고개를 끄덕였다. 딱딱하기 그지없는 그 태도에 유화란이 의아해했다.

"왜 그래요? 오늘따라 기분이 안 좋아 보이는데."

"딱히 그런 건 아닙니다."

"정말이에요?"

현월은 이번에도 고개를 살짝 끄덕일 따름이었다. 유화란의 눈매가 가늘어졌다. 뭔가 분위기가 수상하다는 것을 깨달은 까닭이었다.

반면 임수향은 별다른 위화감을 느끼지 못했다. 애초에 그녀는 현월에 대해 잘 알지 못하니 그저 과묵한 편이구나 하고 생각할 따름이었다.

'그래도……'

어딘지 모르게 그와 비슷한 느낌이었다.

"정말 다음번엔 꼭 관주님도 데리고 와야겠어요. 어쩌면 현 소협과 좋은 친구가 될지도 모르겠어요."

"…어째서 그렇게 생각합니까?"

현월의 물음에 임수향은 손가락으로 아랫입술을 눌렀다.

"음, 그러니까… 좀 이상하게 들릴지도 모르지만 어쩐지 두 분의 눈빛이 닮았다는 느낌이 들었거든요. 그런 사람들일수록 의외로 마음이 잘 맞는 법이거든요."

"……"

"좀 이상한 얘기였죠? 너무 마음에 두지 마세요."

한동안 이야기가 더 이어졌다.

반각 뒤에야 겨우 마차에 오른 임수향이 마침내 현검문을 떠났다.

현월은 복잡한 심경으로 그 뒷모습을 바라봤다.

'말해야 했을까?'

화무백, 아니, 천유신은 이미 죽었다.

그녀가 무림맹으로 돌아가 보게 될 것은 텅 빈 무사관의 모습일 터였다.

'가지 못하게 말렸어야 했는지도 모른다.'

유설태는 천유신과 임수향이 가까운 관계라는 것을 알고

있다.

또한 천유신이 그녀를 찾아 여남으로 갔다가 목숨을 잃었다는 것도 알고 있을 터.

더군다나 현월은 유설태에게 경고의 서신까지 보낸 직후였다.

백진설과 심유화의 시신과 함께 말이다.

물론 유설태가 임수향에게 손을 쓸 가능성은 무척 낮았다. 그녀는 무사관의 일개 관원에 불과한 데다 천유신의 정체를 비롯해 아는 것이 하나도 없었다. 그런 그녀에게 손을 써 봐야 얻을 게 없다는 것을 유설태는 잘 알고 있을 것이었다.

'그래, 말하지 않기를 잘한 거다.'

천유신의 죽음에 대해 말했다면 이런저런 문제가 생겼을 것이다.

그녀가 받을 충격이야 그에 비하면 부수적인 것에 지나지 않았다.

좀 냉담한 얘기지만 그것이 현월의 솔직한 심정이었다.

'인생은 길다. 화무백 선배는 그녀를 잠시 스쳐 지나간 바람에 지나지 않는다. 한동안은 상실감을 느끼겠지만 곧 극복할 수 있겠지.'

인간은 망각하는 동물이니까.

현월은 그것으로 임수향에 대한 관심을 끊었다.

이제는 눈앞에 놓인 관건들을 해결해야 할 때였다.

*　　　*　　　*

연공실의 어둠이 현월을 맞았다.

오랜만에 느껴보는 아늑함이었다. 바깥에 존재하는 모든 것과 단절된 채 홀로 존재할 뿐인 공간. 주위를 감싼 암흑은 현월에게 있어 요람과도 같았다.

"……."

현월은 지그시 눈을 감았다. 그리고 머릿속에 새기기 위해 노력했다. 화무백과 백진설의 전투. 그 하나하나의 공방을.

패도무한공과 암천비류공.

그 각각의 유래를 생각한다면 형제와 같다고도 할 수 있을 것이다.

두 무공은 각기 혈무진왕과 암황이 창시한 무공들이었으 니 말이다.

'그리고 그 두 사람은…….'

그 누구보다도 가까운 관계였다. 어찌 보면 평생의 반려라 고도 할 수 있었다.

혈교는 그 두 사람이 세운 방파였다.

맨땅에서 빈주먹으로 시작된 그들의 여정은 흑도 무림을

공포로 몰아넣는 대세력을 구축함으로써 장대한 종막을 이루었다.

그것이 수백 년 전의 일.

그들의 사후 혈교는 몇 차례의 부침을 겪었다. 한때는 백련교, 즉 마교에게 무릎 꿇어서는 그들의 휘하로 흡수되기까지 했다. 그러나 그 와중에도 가까스로 명맥만은 유지해 나갔다.

얄궂게도 마교는 내부의 아귀다툼에 의해 패퇴하고 멸망했다.

그때 치고 나온 것이 혈교였다. 그리고 혈교는 마교의 실수를 반복하지 않기로 했다.

혈교는 산산이 분해된 마교의 세력들을 하나하나 흡수했다.

그 결과 혈무진왕과 암황의 세대 이후 가장 강대한 규모를 구축하기에 이르렀다.

하나 그들을 한데 묶는 교주가 없다는 것이 문제였다. 마교의 실수는 혈교에서도 곧 반복될 조짐을 보였다.

그리고 그것이 실제로 일어났다.

만박서생 유숭과 철혈염라 철극심의 노력에도 불구하고 자중지란을 꾀하는 무림맹의 계략이 혈교를 휩쓸었다.

정신을 차렸을 때는 치명적인 타격을 입은 직후.

혈교는 다시금 분루를 삼키며 중원에서 물러났다. 그리고 지금까지도 힘을 키우고 있었다.

무림맹의 그림자 속에 독이 잔뜩 발린 비수를 꽂아두고는.

하지만 지금 중요한 것은 그게 아니었다.

중요한 것은 두 무공의 뿌리가 어쩌면 매우 밀접할지도 모른다는 점이었다.

현월은 머릿속으로 차근차근 기억을 되감았다. 화무백과 백진설, 두 사람의 사소한 움직임까지도 어둠 위로 재생시켰다.

그중 가장 중점적으로 확인한 것은 백진설이 중도에 펼쳐 보였던 수법이었다. 두 눈 가득 광기를 머금은 그는 폭발적으로 속도와 근력을 팽창시켜 한순간 화무백을 압도했었다.

아마도 그것이 패도무한공 최고의 공능인 듯싶었다.

암천비류공의 수련자는 어둠을 제 것으로 만들어 스스로의 능력을 확장시킨다.

'그렇다면 패도무한공은?'

백진설은 그 순간 자신을 마인(魔人)이라 칭했었다. 그렇다는 것은 패도무한공 또한 마공의 일종이라는 뜻이었다.

흑도의 무공이라 하여 모두 마공인 것은 아니다.

흔히들 마공이라 하면 백련교가 득세하던 시절에 쉽게 접할 수 있었던 심신을 갉아먹는 폭주공(暴走功) 계열의 무공들을 뜻했다.

그 원리는 지극히 간단하다.

그러나 간단한 만큼 위험한 것이기도 했다.

대다수의 인간에게는 무의식적인 정신의 구속이 존재한다.

위기의 상황에서 평소 펼치지 못했던 초인적인 힘을 내거나 하는 것은 본능에 의해 이 정신의 구속이 깨어진 결과라 할 수 있었다.

그러나 그것이 좋기만 한 것은 아니다.

제약이라는 것은 다 이유가 있어서 생겨난 것이니 말이다.

육체의 한계를 넘어선 초인적인 힘은 그 힘을 발휘하는 육체와 정신 자체를 붕괴시킬 수도 있다. 특히나 내공의 조절과 기혈의 안정이 중요한 무림인이라면 말할 것도 없는 것이다.

쉽게 말해…

'자칫하면 주화입마나 광증에 빠져들 수 있다는 뜻.'

어느 쪽이든 파멸은 필연적이다. 몸이 망가지거나 정신이 망가지는 것을 피할 수 없으며 대부분의 경우엔 양쪽 모두가 망가질 것이었다.

백진설 본인도 광기를 제어할 수 있을지 모르겠다는 언급을 했을 정도다.

'하지만 만약 그걸 제어할 수만 있다면.'

현월에게 있어선 큰 힘이 될 것이었다.

아직 무림맹주 남궁월의 정체는 알 수 없다.

그가 적인지, 아니면 우군인지는 차차 알게 될 것이었다.

하지만 그가 우군이 될 가능성이 있다 하여 적이 될 가능성을 무시할 순 없는 노릇이었다.

'끊임없이 의심하고 또 의심해야 해.'

현월은 스스로에게 들려주듯 중얼거렸다.

'그자가 적이 될 경우를 가정하여 힘을 길러야 한다.'

구태여 그뿐만이 아니더라도 아직 현월이 갈 길은 멀었다.

지금의 힘만으로 혈교의 멸망을 이뤄내기에 역부족이란 것은 그 누구보다도 현월 자신이 잘 알았다.

'강해져야 한다.'

그 답은 두 사람의 대결에 존재했다.

현월은 다시금 머릿속에 그 기억을 투영했다.


*        *        *


그것은 순전히 우연이었다.

무림맹의 모든 사무 처리는 해당 부서에서 일괄적으로 이루어진다.

맹주 휘하의 철저한 체계를 지니고 있는 탓에 공적인 업무의 처리에 있어 예외나 특별 사항 같은 것은 존재할 수 없었다.

그것은 맹주나 군사라 하여도 예외가 아닌 바, 휴가 수속을 밟기 위해 유설태가 해당 부서를 찾은 것은 당연한 수순이었다.

그리고 같은 시각.

임수향은 휴가 복귀의 수속을 밟기 위해 그곳에 있었다.

지독하다고밖엔 할 수 없는 우연이었다.

"아."

임수향은 당황했다.

설마 이곳에서 다른 이도 아니고 무림맹의 총군사를 만나게 될 줄이야.

"무사관 관원 임수향이 군사님을 뵙습니다."

"음."

유설태는 미묘한 표정이었다.

어딘지 모르게 기쁜 것 같기도 하고 노여운 것 같기도 한 얼굴이었다.

"휴가를 보내고 온 모양이군."

"네? 아, 네, 그렇습니다."

"잘 지내고 왔는가?"

"예."

임수향이 조심스럽게 미소를 지었다. 유설태 또한 마주 미소를 지어주었다.

물론 속은 부글부글 끓는 중이었다.

'이 계집은 자기 때문에 무슨 일이 촉발되었는지 과연 알기나 할까?

하지만 그렇다 하여 임수향에게 화풀이할 생각은 없었다.

애초에 그녀가 아니었어도 어차피 일어났을 일이었다. 물론 유설태가 중간에서 중재를 할 가능성도 아주 없진 않았지만.

하지만 그런 것보다도 이런 일로 화풀이 따위를 하기엔 그녀의 존재가 너무나 미약하고도 하찮다는 점이 더 컸다.

유설태는 그녀를 무시하기로 했다.

지금은 당장 눈앞에 쌓인 숙제들만으로도 머리가 깨질 지경이었다.

"이제 다시 귀찮은 날들의 연속이겠군. 힘내게."

"가, 감사합니다. 열심히 하겠습니다. 군사님께서도 평안한 휴가 보내시길 바랍니다."

"…그래, 고맙군."

유설태는 그녀를 지나쳐 걸어가려 했다.

한데 사소한 호기심이 발목을 잡았다. 대체 이 계집은 왜 여남으로 갔던 것일까?

슬쩍 고개만 돌린 유설태가 지나가는 투로 물었다.

"휴가 기간 동안엔 고향에 다녀왔던 것인가?"

"네? 아, 아뇨, 아닙니다. 잘 아는 언니가 여남에 있어서 보러 다녀왔습니다."

"그렇군."

유설태는 턱수염을 쓰다듬었다. 어차피 기대한 것도 없었기에 실망할 일도 없었다.

"언니가 여남 사람인가 보군."

"네."

임수향은 배시시 웃으며 말을 덧붙였다.

"지금은 현검문이란 문파에 적을 두고 있습니다."

유설태의 눈빛이 순간 귀기를 토했다. 하나 그 순간은 너무나 짧은 찰나였고 무공을 익히지 못한 임수향이 알아채기엔 지극히 교묘했다.

"그렇군."

유설태는 웃으며 중얼거렸다.

"현검문이라……."

**5장**

상단전의 각성

자, 이것이 암천비류공의 비급이다.

현월은 눈앞의 서책을 물끄러미 바라봤다. 세월의 흐름을 거스르지 못한 채 네 귀퉁이가 닳아 없어진 낡은 서책.

조금이라도 힘을 과하게 주었다간 책장 넘기려다 다 찢어먹게 생긴 책자였다.

조심스럽게 첫 장을 넘겼다.

그 전까지 이미 몇 권의 비급을 본 경험이 있었다. 물론 그 대부분은 심공과 연계되지 않는 사소한 무공들에 지나지 않았다.

이른바 기초를 닦기 위한 잡다한 무공이라 할 수 있었다.

그러한 잡공들조차도 서장은 제법 화려한 문구로 시작되게 마련이었다.

물론 현월이 보기엔 허황되고 쓸데없는 잡소리에 불과했지만.

그러나 이 비급은 달랐다.

현월은 그 첫 장을 평생 잊을 수 없을 것이라고 생각했다.


사람 한 명을 죽이는 데 있어 태산을 부술 힘 따윈 필요치 않다.

필요한 것은 날붙이 하나와 약간의 요령, 그리고 적절한 때를 가늠하는 감각뿐.

그러나 죽이고자 하는 것이 사람이 아닌 하늘이라면 얘기가 조금 달라진다.

하늘을 죽일 힘을 바란다면 이를 익힐 것이되, 그 결과는 전적으로 연자의 재능과 노력에 달린 문제다. 한마디로 망했다 하여 날 탓하진 말라는 뜻이다.

잘되면 내 덕이고, 안 되면 연자의 재능이 부족한 탓임을 명심하라.


"……."

"암황의 성격이 어떠했는지 단박에 유추할 수 있는 글귀지. 참으로 냉소적인 인간이 아니더냐."

"……."

"하지만 지금의 네게는 그 누구보다 잘 어울릴 성싶구나. 너 또한 세상을 암황과 같이 바라볼 것 같으니."


하늘을 죽인다.

현월은 그 글귀가 마음에 들었다.

현검문은 녹림맹의 습격으로 멸문당했다. 아버지의 시체는 다 타버린 문설주에 내걸렸고 어머니의 시체는 불에 타서 형체를 알아볼 수도 없었다.

현유린의 시체만은 없었기에 마지막 희망을 가졌었다. 그러나 반나절 만에 그녀의 시체를 근방의 냇가에서 발견했다.

온기가 채 식지도 않은 몸엔 칼자국과 폭행의 흔적이 가득했다.

그 뒤의 일은 잘 기억나지 않았다. 분명한 것은 두 가지뿐. 자신을 찾아온 유설태와 그의 손에 끌려 이곳까지 온 기억이었다.

유설태는 그를 친자식처럼 대해주었다. 항시 곁에 붙어 이런저런 말을 건네주었으며 현월의 상태를 세심히 살펴주었다.

그러나 그 모든 친절에도 불구하고 결국 현월의 마음을 사로잡은 것은 결국 단 한마디였다.

나는 네게 힘을 줄 수 있다.

처음엔 신경도 쓰지 않았다.

힘? 대관절 힘이 왜 필요하단 말인가?

현검문을 습격했던 녹림맹 산적들은 뒤늦게 도착한 무림맹에 의해 궤멸당했다.

녹림맹의 이름을 지닌 것은 개미 새끼 한 마리 살아서 나가지 못했다.

무림맹은 현월에게 마지막 남은 복수의 대상마저 빼앗아 가버린 것이다.

그런 마당에 힘을 취해서 도대체 무엇에 써먹는단 말인가? 그가 하고 싶은 일은 모조리 사라져 버린 뒤이거늘.

하지만 이어진 유설태의 말은 기어코 현월의 의식을 끌어당겼다.

"현검문의 비극이 되풀이되지 않도록 만들 힘. 나는 그걸 네게 선사할 수 있다."

"……."

"네 여동생이 겪어야 했을 참혹한 경험. 그것을 되풀이하게 될 또 다른 여인들을 구해낼 힘. 나는 네게 그 힘을 줄 수 있다."

"……."

"너와 같은 이들이 생겨나는 것을 막아낼 힘을 말이다."


어느 순간부터 현월은 스스로를 단련하는 데에 매진하게 되었다.

잠에서 깨면 침대맡의 목검부터 쥐었다. 식사나 수면과 같은 특별한 경우를 제외하고는 매 순간을 자기 단련에 쏟아부었다.

유설태는 그러한 현월을 위해 수많은 비급과 약재를 내주었다.

현월은 그중 어떤 것도 마다하지 않았다. 내단의 부작용으로 인해 사경을 헤맨 적도 있었지만 전혀 개의치 않았다.

실로 무시무시한 집념.

사실 현월로서는 선택의 여지가 없기도 했다. 스스로를 무언가에 열중하게 만들지 않고서는 내면에서 타오르는 불길이 자기 자신을 태워 버릴 것만 같았다.

현월은 그 불길의 이름을 잘 알고 있었다.

죄책감.

육체를 혹사할 때면 그나마 자신을 휘감는 죄책감에서 벗어날 수 있었다. 호흡 곤란이 올 정도로 몸을 움직이고 나면 머릿속이 텅 비어 아무것도 생각하지 않을 수 있었다.

그 와중에 유설태가 가져온 것이 한 권의 낡은 책자, 암천비류공의 비급이었다.

그것이 혈교의 무공이라는 것은 익히 알고 있었다. 암황의 위명을 모르는 자, 무림에 존재하지 않았으니. 따라서 그것을 익힌다는 것이 의미하는 바 역시 잘 알고 있었다.

현월은 개의치 않았다.


너는 암천비류공을 익힘으로써 무림맹의 그림자가 되는 것이다. 암흑 속에서 무림의 평화를 위협하는 이들을 제거하여라. 그들의 피로써 무림 평화의 초석을 닦는 것이다.


유설태의 말은 아무래도 좋았다. 그래도 최소한의 목적의식이나마 갖는 것이 나을까 싶어 현월은 자기 자신을 기만했다.

이것은 옳은 일이다.

무림을 위한 일이다.

가족들을 위한 길이다.

현월은 암천비류공의 구결 속에 자신을 밀어 넣었다.

비급 자체는 그다지 어려울 게 없었다. 수수께끼 같은 말장난도, 시구(詩句)를 방불케 하는 난해한 표현 또한 존재하지 않았다.

암황은 아무래도 직설적이고 시원시원한 성격인 모양이었다.

문제라면 체질.

현월은 비급을 절반쯤 파고 들어갔을 때 비로소 깨달았다. 만약 자신의 체질이 암천비류공과 약간이라도 어긋났더라면 지금쯤 주화입마에 빠져 온몸이 걸레짝이 됐으리란 것을.

놀랍게도 그의 체질은 암천비류공을 익히는 데 있어 최적이라 할 수 있었다.

물론 현월은 그 사실에 별다른 감흥을 느끼지 않았다. 만약 체질이 맞지 않았더라도 그건 그것대로 좋았으리라 생각했다. 폐인이 되거나 죽어버린다면 이 고통도 끝이 날 테니까.

어느 순간부터 임무에 투입되었다. 유설태는 현월의 실력이 살행을 맡기에 충분하다고 판단한 듯했고 더불어 현월에게 실전의 경험을 선사하자는 계산 또한 한 듯했다.

현월은 군말 없이 임무에 나섰다. 지니고 간 것은 검 한 자루뿐.

잠행은 없었다. 은신도 없었다.

당당하게 정문을 열고 들어가 보이는 모든 것을 도륙했다. 목표뿐 아니라 자신을 본 자들 모두를 베어 넘겼다.

악이란 종양과도 같다. 가만히 내버려 두면 주변의 생살까지도 곪아 들어가게 만들지. 한 번 종양이 전이된 뒤라면 단순히 그것만 떼어낸다 하여 해결될 일이 아니다. 전이가 벌어지고 있을 생살 또한 도려내야 하지. 그래야만 혹시 모를 전이를 막을 수 있으니 말이다.

유설태의 말이 뇌리를 때렸다. 현월은 그 말의 진위에 대해선 딱히 의심하지 않았다.

유설태를 신봉하기 때문은 아니었다. 그저 생각을 하고 싶지 않기 때문이었다.

현월의 살행은 같은 식으로 거듭되었고 어느 순간부터 무림맹을 지배하는 암제의 악명이 시작되었다.

처음으로 제동이 걸린 것은 소림 방장 혜법을 제거했을 때였다.

혜법은 강했다.

현월을 능가하는 수준은 결코 아니었지만 제법 귀찮게 괴롭힐 정도는 되었다.

물론 그것은 전적으로 현월이 소림을 정면으로 치고 들어가 수백의 나한을 베어 넘기며 체력을 소모한 덕이었다.

치열한 사투의 와중.

혜법은 돌연 거리낌 없이 현월의 칼날 앞으로 뛰어들었다.

두 사람의 사투에 휘말린 동자승의 목숨을 구하기 위함이
었다.

유언 따위를 남길 여력은 없었다. 현월의 칼날은 정확히 혜
법의 심장을 관통해 찢어발겼고 그는 호흡 한 번도 제대로 못
뱉은 채 절명했다.

그 이후의 광경.

어린 동자승이 혜법의 몸을 부둥켜안고 절규하는 광경이
현월의 정신을 깨워놓았다.

현월은 뇌리를 망치로 두드려 맞은 기분이었다. 그제야 현
월은 그간 자신이 해온 일이 무엇이었는지 돌아보게 되었다.

그동안 뱀의 혓바닥처럼 자신의 몸을 휘감았던 유설태의
감언이설에 대해서도.

'나는 무엇을 해왔던 거지?'

처음으로 자기 자신에게 질문을 던졌다. 그리고 깨달았다.

그동안의 자신은 그저 가족들의 죽음을 핑계 삼아 끔찍한
살행을 거듭해 왔을 뿐이라는 것을.

현검문을 유린하고 가족들을 살해한 녹림맹도들과 다를
게 없는 짓.

아니, 힘의 크기를 생각한다면 그들보다도 수십 배는 더 끔
찍하고 추악하다고 할 수 있었다.

현월은 비로소 살행의 굴레에서 벗어났다. 하지만 뒤늦은

해방이었고 이미 무림맹은 혈교의 그림자에 완전히 삼켜진 직후였다.

그리고 그날이 찾아왔다.

혈마천세. 몰려드는 혈교도들. 패퇴하는 무림맹. 궁지에 몰린 현월.

본색을 드러낸 유설태. 그리고…

'나는……'

현월은 눈을 떴다.

어둠은 여전히 포근하게 그를 감싸 안고 있었다.

들어왔을 때와 별반 바뀐 것이 없는 상황.

그러나 현월은 생각하는 것 이상으로 시간이 흘렀음을 직감했다.

그전의 상황을 상기해 보았다.

현월은 화무백과 백진설의 일전을 머릿속에서 반복하여 떠올렸다. 그리고 그 과정에서 자기도 모르게 무아지경에 빠졌다.

그 결과가 조금 전에 꾸었던 꿈.

잊고만 싶은 과거의 기억이었다.

그게 의미하는 바는 무엇이었을까. 악랄했던 과거를 반성하며 괴로워하라는 하늘의 뜻일까. 그게 아니면 현월의 죄의

식이 고개를 쳐든 것일까.

분명한 것은 하나였다. 머릿속이 말끔히 지워진 것만 같다는 것.

현월은 여전히 화무백과 백진설의 일전을 떠올릴 수 있었다.

그러나 아까 전까지만 해도 경이로 다가왔던 둘의 싸움은 더 이상 그에게 어떠한 감흥도 주지 못했다. 대신에 그는 지극히 객관적인 입장에서 싸움의 흐름을 읽어낼 수 있었다.

그것은 암천비류공의 구결 또한 마찬가지였다.

'내 안에 변화가 생겼다.'

인간의 몸은 세 개의 단전을 품고 있다.

복부 아래에 존재하는 하단전, 심장에 존재하는 중단전, 뇌에 존재하는 상단전.

하단전은 내공의 근간이며 중단전은 외공의 근간이다. 그리고 상단전은 정신의 근간이다.

세 개의 단전은 각기 하, 중, 상의 순서로 각성하게 된다. 각각의 각성은 육체에 새겨진 무공의 종류에 따라 다른 효과를 수반한다.

그중 대부분의 경우는 환골탈태나 반로환동이었고 이는 암천비류공 또한 별반 다르지 않았다.

현월은 이미 하단전과 중단전을 각성시켰다. 각각의 각성은 환골탈태와 함께 이루어졌고 그것만으로도 현월의 무위는 백도 무림을 전율하게 만들었다.

하지만 한 가지, 상단전의 각성만큼은 끝끝내 이루지 못했다.

유설태의 꼭두각시 노릇이나 하던 입장이었으니 정신의 각성이 있었다면 그게 더 이상할 일이었다. 피폐한 정신과 각성은 거리가 멀었으니까.

그래도 암천비류공의 상단전 각성이 의미하는 바는 잘 알고 있었다.

암황이 직접 비급에 적어놓은 내용이 있었기 때문이다.

그는 뜬구름 잡는 소리와는 거리가 먼 인물이었다.

어차피 체질이 맞지 않으면 말짱 황이란 것을 알기 때문인지 설명할 것이 있다면 비교적 명확하게 적어놓았다.

현월은 그중 일부를 떠올렸다.


상단전의 각성을 이룰 경우 암천비류공의 완성은 구 할에 이른다.

어지간한 돌대가리라도 적수의 투로와 자세를 읽음으로써 다음 움직임을 예측하는 것이 가능해진다. 강기는 한층 정밀해지고 견뢰(堅牢)하게 되며 어둠 속에서는 거리와 위치가 무의미해진다.

천하무적이라고 허풍 떨지는 않겠다만 어지간해선 패배할 일이 없을 것이다.

처음 읽었던 당시엔 대수롭지 않게 넘겼었다.

어차피 당시의 수준으로서는 멀고 먼 미래에 지나지 않았고 암황 특유의 유아독존적인 말투에도 질려 있었던 까닭이다.

지금은 달랐다.

*     *     *

현월은 이튿날에 연공실을 나왔다. 더 이상 그 안에서 머리 싸매고 끙끙거려 봐야 성과가 없으리라는 판단에서였다.

한 꺼풀을 벗었다.

이번 폐관의 성과를 총평하자면 그렇게 표현함이 옳을 터였다.

여느 때보다도 짧은 폐관이었기에 큰 상황적 변화는 없었다.

물론 급변하는 정세가 아직 수면 위로 드러나지 않은 것뿐인지도 몰랐다.

그래도 최소한 외관상으로는 별 탈이 없었다. 짧은 평화라고 칭해도 큰 문제는 없을 것이었다.

하지만 그게 착각임을 깨닫는 데엔 그리 오랜 시간이 걸리지 않았다. 얼마 지나지 않아 유화란이 현월을 찾아왔던 것이다.

"서신이 하나 도착했어요. 저와 현 소협 앞으로요."

"유 소저와 내 앞이라고요?"

유화란은 고개를 끄덕였다.

현월은 의아함을 느꼈다.

현월이나 유화란, 어느 한쪽만을 대상으로 서신을 보낸다면 모를까 두 사람을 동시에 지칭한다는 것은 생각하기 힘든 경우였다.

"누가 보낸 서신입니까?"

"수향이에요. 그런데⋯⋯."

유화란의 표정은 결코 밝지 않았다. 단순한 안부 편지라면 저런 반응을 보일 리가 없었다.

표정을 굳힌 현월이 물었다.

"무슨 내용입니까?"

"직접 읽는 편이 낫겠어요."

유화란이 서신을 내밀었다. 서신을 받아든 현월은 곧장 내용을 확인했다.

그의 얼굴이 딱딱하게 굳었다.


방문 동안 보여주신 환대에 감사드립니다. 빠른 시일 내에 다시 만났으면 좋겠습니다.

별것 아닌 안부 인사.

그러나 그 아래에 적힌 내용은 결코 허투루 넘길 것이 아니었다.

혈마천세의 기치는 결코 꺾이지 않을 것입니다.

**6장**

구출 계획

"뭔가 알고 있는 거군요?"

현월의 표정을 본 유화란이 물었다. 현월은 어떻게 대답해야 할까 생각했다. 일단은 돌아가는 상황부터 정리할 필요성이 있었다.

'서신에 혈마천세를 언급하고 있다는 것은…….'

의미하는 바는 하나뿐이었다. 현월이 곧 암제임을 알고 있다는 것. 그리고 이 서신을 보낸 당사자는 아마도…

'유설태!'

현월의 두 눈에서 귀화(鬼火)가 한순간 빛났다.

그러나 그 빛은 오래 이어지지 못하고 금세 사그라졌다.

적개심과 분노에 정신을 맡기기엔 당혹스러움이 너무 컸다.

대체 유설태는 어떻게 현월과 암제가 동일인임을 알아챈 것일까?

암제로서의 행동반경은 하남성을 넘어서지 않았다. 가장 멀리 다녀왔던 게 소림사가 위치한 숭산이었으니 말이다.

이는 현월의 행동반경도 마찬가지여서 기껏해야 허창에 다녀왔던 게 전부였다.

한데 그 두 사람이 동일인임을 안다?

그렇다는 건 누군가 현월의 비밀을 누설했다고밖에 볼 수 없었다.

가장 먼저 떠오르는 이름은 역시 금왕이었다.

'그자가 날 배신한 건가?'

가능성이 아주 없다고 볼 수는 없었다. 어디까지나 금왕은 자신의 유희를 위해 살아가는 사내. 현월의 힘이 지나치게 커졌음을 염려하여 유설태를 도우려 한 것인지도 몰랐다. 그게 아니라면 백진설을 죽인 일로 인해 악의를 품었거나.

'하지만……'

그렇다고 딱 잘라 확신할 수는 없었다. 애초에 이성적인 관점으로 봤을 때 현월이 지닌 세력권은 혈교에 비해 터무니없이 작았으니 말이다.

그러니 힘의 균형을 위해 유설태의 편을 들었다는 것은 어불성설이었다.

백진설의 경우도 마찬가지였다.

그를 죽인 것은 엄밀히 말해 현월 자신이 능력을 과신했기 때문이었다. 또한 금왕 역시 그런 현월의 입장을 이해하는 바였고.

무엇보다도 그답지 않은 방식이다. 정녕 금왕이 수를 쓰려 했다면 단순히 유설태에게 고자질 따위를 하진 않았으리라.

'하면 제삼자가 유설태에게 발설했다는 건가?'

어쩌면 현월이 생각하지 못한 방식으로 알아낸 것인지도 몰랐다.

여하간 지금 중요한 것은 그게 아니었다.

당장 어떻게 대처할 것인지부터 생각해야 했다.

현월은 서신을 재차 훑었다. 빠른 시일 내에 다시 만나고 싶다는 말.

정중하기 그지없는 그 표현에서 형용하기 힘든 살기와 적개심이 느껴지는 것만 같았다

현월은 유화란을 돌아봤다.

"이 필체, 그녀의 것이 맞습니까?"

"아뇨, 절대 그렇지 않아요."

"확신할 수 있습니까?"

"수향은 어릴 적부터 서책과 가까웠고 서예에도 능했어요. 무사관의 관원이 된 것도 아마 그 실력을 인정받은 덕일 테죠. 저는 그 아이가 써 내려가는 글씨를 여러 차례 곁에서 지켜보았어요. 이 필체는 수향의 것이 결코 아니에요."

인간의 손에는 그 사람의 일생이 고스란히 녹아 있는 법이다.

어릴 적부터 밴 움직임, 예컨대 젓가락을 쥘 때의 습관이나 검을 쥘 때의 버릇 같은 것은 쉽게 고칠 수 있는 게 아니었다.

서체 또한 마찬가지.

한 번 몸에 밴 글씨체가 바뀐다는 것은 어지간해선 일어나지 않는 일이었다.

"대체 뭐가 어떻게 된 거예요?"

"자세한 정황까진 모르겠습니다만……."

잠시 침묵하던 현월이 말을 이었다.

"아무래도 임 소저가 저들에게 붙잡힌 것 같습니다."

"저들이라니요?"

"무림맹."

"……!"

유화란의 긴 속눈썹이 파르르 떨렸다.

"무림맹이 왜 그 아이를……?"

"아무래도 내 정체에 대해 알아낸 게 아닐까 싶습니다."

"정체라면… 현 소협이 암제라는 것을 말인가요?"

"그것 외엔 생각하기 힘듭니다. 혈마천세라는 표현도 그렇고."

유화란은 얼굴을 딱딱하게 굳혔다.

"무림맹이 혈마천세를 언급한다는 건 뭔가 이상한 것 같은데요."

"제대로 된 무림맹도라면 결코 입에 담지 않을 말이겠죠. 하지만 불행히도 우리에게 이 서신을 보낸 무리는 제대로 된 무림맹도가 아닙니다."

"그렇다면……!"

현월은 고개를 끄덕였다.

"무림맹에 잠입해 있는 혈교의 무리. 임 소저를 납치한 자들은 아마 그들일 겁니다."

유화란은 마른침을 삼켰다. 그녀 또한 흑도 출신의 무인인지라 혈교의 공포에 대해선 그 누구보다도 잘 알고 있었다.

지난날 혈교가 무림맹에 의해 패퇴하게 된 것은 순수한 힘 대결에 의한 결과가 아니었다. 혈교가 패한 것은 어디까지나 자중지란으로 인해 내부 체계가 붕괴되었기 때문이다. 물론 그것을 획책한 무림맹을 승리자라 부르는 것이 잘못된 표현은 아니겠지만.

그런 그들이 칼을 갈고 있다. 그것도 현월을 대상으로. 게다가 그 서슬에 아무것도 모르는 임수향이 휘말려 버렸다.

　"현 소협은, 암제는 암황의 후계자잖아요. 그리고 암황은 혈교에 있어 교조인 혈무진왕만큼이나 숭배받는 존재고요. 그런데 왜 혈교도라는 자들이 현 소협을 노리는 거죠?"

　"아무리 암황의 후계자라 한들 자기네 입맛대로 움직이지 않는 살수라면 죽여 없애는 것만이 답일 테니까요."

　현월의 말에 유화란의 낯이 한층 어두워졌다.

　"대체 어떻게 저들이 수향과 우리 관계를 알았을까요?"

　현월은 잠시 고민했다.

　흑련과 달리 유화란은 화무백과 백진설 사이의 비무에 대해서 알지 못한다. 또한 그것을 촉발시킨 것이 임수향이란 것역시.

　'알아두는 편이 낫겠지.'

　그렇게 판단한 현월은 모든 것을 설명했다.

　임수향과 천유신, 즉 화무백의 관계, 백진설의 여남행, 그로 인해 터져 버린 두 강자들의 대결, 그리고 그 결착까지.

　모든 것을 알게 된 유화란은 혼란스러운 표정이었다.

　"그럴 수가……"

　유화란은 말을 잇지 못했다. 아마도 무슨 말을 해야 할지 알 수가 없어서일 터였다.

"일단은 저들도 임 소저를 해치진 못할 겁니다. 죽여 없애느니 나를 유인할 인질로 쓰는 편이 낫다고 생각할 테죠."

"그렇다고 수향이 안전하단 뜻은 아니잖아요? 현 소협의 말대로라면 죽이지 않는 한도 내에선 무엇이든 할 수 있다는 소리니까요."

인질극에서 흔히 쓰이는 수법들이 있다. 약하게는 납치 대상이 지니고 다니던 장신구나 패물 등을 보내는 것에서부터 강하게는 손가락이나 귀 등의 신체 일부를 잘라내어 보내는 것까지.

효과는 확실하다.

특히나 납치 대상과 협박 대상의 사이가 가까울수록 그 위력은 배가되는 법이었다.

그리고 유화란이 진정 염려하는 바는 그것이었다.

"현 소협은 엄밀히 말해 수향과 아무런 관계도 아니죠. 그걸 저들이 알게 된다면 수향을 제거하려고 들 거예요."

아니면 이미 제거되었을지도 모른다. 엄밀히 말해 유설태의 진짜 목적은 현월에게 경고를 보내는 것에 지나지 않았으니 말이다.

목적은 달성했으니 임수향 따위야 제거하더라도 상관없을 터였다.

구태여 인질 따위를 써먹지 않더라도 그가 거느린 세력 앞에서 현월 따위는 휘돌리는 부평초에 지나지 않았으니까.

그것을 알고 있는 현월이었으나 구태여 언급하진 않았다. 괜한 말로 유화란의 불안감을 부채질할 필요는 없었다.

유화란이 현월을 똑바로 바라보며 말했다.

"수향을 구하러 가야겠어요. 현 소협이 함께 가지 않는다면 나 혼자서라도 갈 거예요."

"지금 당장 말입니까?"

"그래요. 이 순간에도 그 아이가 어떤 고초를 당하고 있을지 모르는 일이니까요."

유화란은 고개를 살짝 숙였다.

"돕지 않겠다고 하더라도 현 소협을 원망하진 않겠어요."

"기다리십시오."

유화란은 홱 고개를 쳐들었다.

"도와주실 건가요?"

"그렇다고 한다면?"

"하지만… 현 소협은 냉정한 성격이잖아요. 이렇게 막무가내로 무림맹으로 쳐들어가는 건……."

"막무가내로 쳐들어갈 생각은 없습니다. 어디까지나 적합한 계획과 준비를 마친 다음에 움직일 생각이니까요."

"정말 괜찮겠어요? 여남을 비운 동안 문제라도 생기면 어쩌려고요?"

"그러니 준비를 해둬야죠."

현월은 곧장 흑련을 찾아가 자초지종을 설명했다.

흑련이 꺼낸 첫마디는 질문이었다.

"금왕님을 의심하시는 건가요?"

"만약 그렇다고 한다면?"

"그분은 결코 신용을 저버릴 분이 아닙니다."

"그렇다면 그 신용을 증명해 보이라고 해. 내가 설명한 얘기를 그대로 금왕에게 전한 다음 내가 도움을 청하더라고 전해. 어떻게 반응하는지 보고서 그를 신뢰할지 말지 판단할 테니."

"전서구를 보내죠. 더 해야 할 일이 있나요?"

"그래."

"뭔가요?"

"내가 자리를 비우는 동안 여남과 현검문을 부탁해."

흑련은 조금 놀랐다. 여남의 치안뿐이라면 모를까 자신의 가족들의 안위를 남에게 맡길 현월이 아니라는 것을 잘 알고 있었던 까닭이다.

하물며 지금처럼 언제 위기가 닥칠지 모르는 상황이라면 말할 것도 없을 터.

"금왕님을 의심한다면서 제게 가족들과 여남을 맡기겠다고요?"

"금왕을 믿진 못하지만 너는 믿으니까."

흑련의 몸이 순간적으로 움찔했다.

하지만 그녀는 이내 고개를 가로젓고는 정색한 채 대꾸했다.

"현월 님이 아무나 쉽게 믿는 성격은 아니라고 알고 있습니다만."

"넌 노혈경과 싸우던 때에도 날 도우러 돌아왔지. 그게 금왕의 뜻을 거스르는 일임을 알았으면서도 말이야."

"규칙 자체를 위반한 것이 아니었기에 그렇게 행동한 거예요. 만약 금왕께서 가만히 있으라고 명령하셨다면 그걸 따랐을 거예요."

"다시 말해 금왕이 뭔가 명령하기 전까지는 날 위해 행동할 거라는 소리지. 금왕이 있는 태원까지의 거리를 가늠해 보면 전서구가 아무리 빠르더라도 답장을 받기까지 이레는 걸릴 테지. 결국 그 칠주야 동안은 너를 충분히 신용할 수 있다는 소리잖아?"

최악의 경우 현월을 배신하란 명령을 금왕이 보내오더라도 흑련은 최소한 그 명령이 돌아오는 이레 동안은 현월을 따를 것이다.

흑련은 졌다는 기분에 작게 한숨을 뱉었다.

"좋을 대로 하세요. 나중에 후회해도 전 몰라요."

"후회할 일 없게끔 속전속결로 끝내야겠는걸."

"상대는 무림맹 군사 유설태라면서요? 그가 데리고 있는 인질을 데리고 돌아오는 일인데 너무 쉽게 생각하는 것 아닌가요?"

"글쎄, 오히려 지금 움직이는 것이 놈의 허를 찌르는 거라 생각하는데?"

"허를 찌른다고요?"

현월은 고개를 끄덕였다.

"저 서신을 보낸 것은 엄밀히 말해 유설태의 패착이야. 정말 나를 해치우고 싶었다면 서신 따위가 아니라 암살자를 보내는 편이 나았을걸. 어차피 내게 통하지는 않았겠지만. 어쨌든 그게 아니더라도 최소한 경고장 따윈 보내지 말았어야 했지."

"그런데 보냈다는 거군요."

"그래, 아마 분노를 이기지 못했기 때문일 거야. 지금껏 나 때문에 물 먹은 게 여러 번이다 보니 내게도 한 방 먹이고 싶었겠지. 하지만 결과적으로는 큰 실수를 한 거지. 놈이 내 정체를 알아냈다는 것을 내가 알게 되었으니까."

효과만을 생각하자면 차라리 무력을 통해 현검문을 압박하는 쪽이 나았으리라.

물론 그러기 위해선 적합한 명분이 필요할 테지만 유설태

정도라면 없는 명분을 지어내는 것쯤은 가능할 터였다.

'그게 아니라면 저런 방법을 쓰지 못할 이유라도 있는 건가?'

지금 당장으로썬 알 수 없는 일이었다.

그렇긴 해도 어쨌든 현월에게 한 방 먹이는 게 목적이었다면 대성공을 한 셈이다.

실제로 현월은 한순간 머릿속이 마비될 정도로 당황했었으니까.

하지만 그게 전부다.

오히려 자신의 이빨을 드러낸 통에 현월에게 경계심만 심어주었다.

미처 이빨을 박아보지도 못하고 말이다.

이는 아마도 자신이 유리한 위치에 있음을 자각하고 있기 때문일 터였다.

제 아무리 현월이라 해도 무림맹을 함부로 적대할 수는 없는 상황. 힘의 크기는 명백하다.

그런 만큼 정체가 밝혀졌다는 괴로움에 몸부림이나 치라는 의도로 서신을 보냈을 테지.

어쩌면 유설태는 이 상황을 즐기려는 것인지도 몰랐다.

암제와 연관이 있다는 정보를 흘려 현검문을 압박하는 것쯤은 일도 아니었으니까.

'하지만……'

설마 현월이 정면 돌파를 택하리라고는 생각하지 못했을
터였다.

'그렇기에 이 계획이 의미가 있는 거겠지.'

＊　　　＊　　　＊

서아현은 움찔했다.

"무림맹에 잠입하겠다고요?"

"예, 그러려면 서 소저의 힘이 필요합니다."

현월의 말에 멍한 얼굴을 하는 서아현이었다.

현월은 깊게 생각할 것도 없이 그녀의 속내를 읽을 수 있었
다.

그녀는 두려워하고 있었다. 다시 그곳으로 돌아가야 한다
는 사실 자체를.

"싸울 거라면 저보단 흑련 소저를 데려가는 게 낫지 않을
까요?"

"싸움에 도움받자고 데려가려는 게 아닙니다."

"그러면요?"

현월은 간단히 설명하기로 했다.

"찾아야 할 사람이 있습니다. 하지만 내겐 무림맹 내에 연

줄이 닿은 사람이 하나도 없어요. 그런 마당에 무턱대고 잠입해 봤자 별 효과를 보기는 어렵겠죠. 운이 나쁘면 뭔가 알아내기도 전에 발각이 될지도 모르고."

"현 소협 정도의 잠행술이라면 맹주님이 아닌 이상은 알아챌 수도 없을 텐데요."

"세상엔 언제나 만약의 경우란 게 있는 법입니다."

"그건 그렇지만……."

서아현은 여전히 불안한 눈치였다.

"전 무림맹을 배신한 입장이잖아요. 어설프게 정보를 수집하려 들었다간 꼬리를 밟힐지도 몰라요."

"그렇진 않을 겁니다."

"그게 무슨 뜻이죠?"

"좀 차갑게 말해서 유설태나 무림맹의 웃대가리들은 이미 서 소저에 대해 잊었을 거란 얘깁니다."

서아현의 눈썹이 움찔했다.

"기분 나쁜 얘기가 아닌데 묘하게 기분이 나쁜걸요."

"저들이 서 소저를 정말 붙잡으려 했다면 달아난 시점에 뭔가 수를 썼을 겁니다. 하지만 그러지 않았죠. 필경 서 소저의 존재 자체를 대수롭지 않게 생각했을 게 분명합니다."

"……."

"그들의 생각이 틀렸음을 증명할 절호의 기회라고 보는

데요."

서아현은 현월의 의도를 알 것 같았다.

"일부러 저를 도발하시는군요. 미안하지만 저들이 절 우습게 보고 신경 쓰지 않는다면 저한텐 좋은 일이에요. 귀찮은 일에 휘말리는 건 딱 질색이니까요."

서아현은 과장되게 한숨을 내쉬었다.

"하지만… 지금은 현 소협에게 고용된 입장이니 밥값은 해야겠죠."

그녀는 현월을 똑바로 응시하고는 질문했다.

"제가 무얼 하면 되죠?"

## 7장

불은 꺼지고

"나는 당분간 맹을 떠나 있을 것이다."

어두운 방.

유설태의 얼굴은 촛불 빛에 반사되어 희게 빛나고 있었다.

"아무래도 꽤나 오랫동안 자리를 비우게 될 것 같다. 백진설과 심유화의 죽음으로 인한 피해를 수습하려면 족히 수개월이 걸릴 것이다."

유설태의 시선이 정면을 훑었다.

"하여 그간의 일은 네게 맡길 생각이다. 약간의 실수도 용납하지 못할 중책을 맡게 되는 것이니 결코 마음을 놓지 말아라."

"예, 장로."

기세 좋게 고개를 꾸벅이는 이는 통천각주 무단걸이었다.

유설태는 그다지 미덥지 못하다는 눈으로 무단걸을 바라봤다.

무림맹의 눈이라고도 불리는 정보 집단 통천각의 총책임자인 그였으나 엄밀히 말하면 감투뿐인 허수아비에 지나지 않았다.

실질적으로 통천각을 지배하는 이는 다름 아닌 유설태였고 유설태의 오른팔 역할은 부각주인 관수원이 해왔던 것이다.

그러나 관수원은 죽었고 유설태는 어쩔 수 없이 맹을 비워야 한다. 그래서 어쩔 수 없이 무단걸에게 상황을 맡기게 되었다.

'그래도 당분간은 문제가 없겠지.'

어차피 한동안은 무림맹 내의 공작은 휴업해야 할 상황이다.

무림맹 내에서 뭔가를 시행할 만한 여력이 없으니 지금은 그저 가만히 웅크린 채 숨 고르기만 하면 될 일이었다.

다시 말해 할 일이 아무것도 없었으니 무단걸에게 뭘 시킬 필요도 없었다.

무단걸은 그냥 가만히만 있으면 제 역할을 다하는 셈이었다.

"명심해라. 쓸데없는 말썽이 생기지 않도록 주의하는 것. 네가 기억해야 할 것은 오로지 그것뿐이다."

"명심하겠습니다, 장로님."

"그 계집 또한 잘 간수해라. 탈출하지 못하게 하는 것이 최우선이지만 그렇다고 하여 몸이 상하게 해서도 안 될 일이다."

유설태의 눈이 돌연 뱀의 눈자위처럼 변했다.

"어쩌면 그 계집이 우리의 숙적을 해치우는 열쇠가 될지도 모르니까."

"열쇠… 말씀입니까?"

무단걸이 멍청한 표정으로 되물었다.

상대할 마음조차 들지 않는 유설태였기에 그냥 침묵을 고수했다.

무단걸도 같은 질문을 되풀이할 만큼 멍청하지는 않았기에 짤막한 고요가 둘 사이에 흘렀다.

'이만큼 말해두었으니 괜찮겠지.'

유설태는 생각했다.

'지금쯤이면 놈도 내 서신을 받았으렷다.'

서신을 보낸 것은 일종의 허장성세였다.

이는 현월의 정체를 알아냈음을 미끼 삼아 놈이 함부로 날뛸 엄두를 내지 못하도록 하기 위한 수법이라고 할 수 있었다.

유설태는 서신을 통해 현월에게 자칫하면 무림맹을 적으로 돌릴 수도 있음을 상기시켰다. 그렇게 되면 세력권이 자그만 현월의 입장에서는 우선적으로 세력을 키우려는 노력부터 하게 될 터였다.

당연하게도 유설태를 공격한다거나 할 엄두는 내지 못하게 되는 것이다.

'놈으로서는 한동안 여남에 틀어박혀 있을 수밖에 없겠지.'

앞서 열쇠라고 표현하긴 했지만 기실 유설태는 임수향이 지닌 인질로서의 가치를 그다지 높게 평가하진 않았다.

그녀를 마음에 두었던 거야 화무백의 사정일 뿐. 엄밀히 말해 현월은 그녀와 남남이나 마찬가지 아니겠는가.

구태여 현월이 위험을 무릅써 가며 그녀를 구하려들 이유는 없었다.

결과적으로 유설태는 현월의 움직임을 묶어둔 채 혈교를 수습하러 떠나는 셈이었다.

'오히려 지금의 문제는 암제 따위가 아니다.'

유설태는 남궁월에 대해 생각했다.

'대체 그자의 정체는 무엇일까?'

암월방의 암제와 현검문의 현월이 동일 인물임을 알고 있는 자.

뿐만 아니라 혈교의 구조 및 역사에 대해서도 완벽하게 꿰고 있으며 어쩌면 유설태보다도 혈교에 대해 잘 알고 있을지도 모르는 존재.

그런 자의 정체가 무엇일지 유설태는 감히 상상도 하지 못할 것 같았다.

"저, 장로님?"

무단걸의 무신경한 목소리가 상념을 깼다. 유설태는 치솟으려는 상념을 삼키고서 반문했다.

"뭐냐?"

"만약 그 암제라는 놈이 계집을 구하러 나타난다면 역시 생포하든지 사살해야 하지 않겠습니까?"

유설태의 미간이 절로 일그러졌다.

이 멍청한 놈은 정녕 놈이 나타날 거라고 생각하는 것인가?

유설태는 계속 떠들어보라는 심정으로 침묵했다.

무단걸은 그 속내도 모르고 말을 이어갔다.

"만약 그렇다면 어, 음, 아무래도 통천각의 전력만으로는 놈을 막기 힘들 것 같아서 말입니다. 괜찮다면 살영들에게 명령을 내려도 될는지요?"

살영(殺影).

유설태의 호위 무사이자 직속 암살대였다. 유설태 본인이 심혈을 기울여 혈교 내에서 고르고 걸러 데려온 이들이었다.

이들은 암황의 후계자를 길러내지 못한 시점에서 암살 및 정보 수집을 맡고 있었다.

말 그대로 유설태의 수족과 같은 이들.

유설태의 미간이 찡그려졌다. 물론 혈교로 복귀하는 동안 살영들을 데리고 가진 않을 테니 그들은 여전히 무림맹 내에 남아 있을 것이다.

또한 무단걸이 그들을 써먹게 될 가능성은 그리 높지 않았다.

하지만 세상엔 만에 하나라는 게 있게 마련.

그 만약의 경우로 인해 무단걸이 살영들을 쓰게 되는 것은 유설태로서도 그다지 내키지 않는 일이었다.

'그러나……'

멍청한 무단걸 따위에게 모든 일을 맡기느니 차라리 살영들더러 해결하라 하는 편이 나을지도 몰랐다. 유설태는 살영들에게 따로 명령을 해두어야겠다고 생각했다.

기본적으로는 무단걸을 따르되 아니다 싶으면 너희가 알아서 판단하라고 말이다.

"좋다. 하지만 네 사리사욕을 위해서나 혹은 쓸데없는 일로 살영들을 써먹으려 든다면……"

유설태는 목을 긋는 시늉을 했다.

"다시는 떠오르는 해를 볼 수 없게 될 것이다."

"무, 물론입니다! 제가 어찌 감히 사사로운 일에 살영들을 쓰려 하겠습니까."

진땀을 빼며 대답하는 무단결이었다.

여전히 유설태로서는 마음에 들지 않는 상황이었지만 현재로썬 이게 최선이었다. 어쨌든 남궁월은 암제의 정체만 알려줬을 뿐 유설태의 일을 도우려고도 방해하려고도 하지 않았으니까.

'내 힘으로 한번 알아서 해보라는 건가?'

꼭 바둑판 옆에 앉아 필요할 때만 훈수를 두는 노인을 상대하는 기분이었다.

'혹은 고고한 척 열등한 것들을 바라보며 비웃는 존재 같기도 하다.'

그래도 분명한 것은 남궁월이 암제에게 호의적이지 않다는 점이었다.

일단은 그것만으로도 유설태로선 다행이었다.

"더 시간을 낭비하진 못하겠군."

유설태는 곧장 무림맹 본부를 나섰다. 호위나 수하들 없이 오직 미우 한 사람만을 대동한 채였다. 물론 그렇다 하여 그의 여정이 위험하다거나 할 가능성은 한없이 낮았다.

"우선은 십만대산인가."

영겁성화(永劫聖火)가 끝도 없이 타오르는 곳.

만박서생 유숭과 철혈염라 철극심은 아마도 그곳에 있을 터였다.


*　　　*　　　*


십만대산.

옛 백련교의 둥지였던 그곳에는 수백의 혈교도가 기거하고 있었다. 다만 이들은 이른바 혈교 삼궁이라 불리는 세 파벌, 패도궁과 무한궁, 지천궁에 속하지 않는 사람들이었다.

공식적으로는 혈교의 세력하에 흡수되긴 했으나 그들은 전적으로 백련교를 계승하는 마도의 후예들.

혈교 내 주도 세력이라 할 수 있는 혈교 삼궁과는 조금 다른 노선을 걷고 있는 자들이었다.

그러나 지금 이 순간…

그들 백련교의 후예들은 끔찍한 침묵을 지키고 있었다.

경험 많은 자라면 그 침묵의 성질에 대해 알 수 있으리라.

비명을 토해내기 전의 침묵. 가장 끔찍한 외침을 토하기 전, 경악과 충격으로 인해 몸이 반쯤 마비되어 버린 상황.

그만큼 그들이 받고 있는 충격과 공포는 엄청난 것이었다.

그리고 그럴 수밖에 없었다.

그들 백련교의 후예들이 목도한 것은 도저히 믿기 어려운 현실이었으니까.

"영겁성화가⋯⋯!"

"꺼졌다!"

하나의 경악성은 곧 열 개, 백 개의 경악성으로 확장되었다.

어떤 이들은 세상이 멸망하기라도 할 것인 양 울부짖었고, 어떤 이들은 반쯤 실성한 채로 침을 흘리거나 눈을 까뒤집었다.

하나같이 정상적이지 못한 반응을 보이고 있는 와중, 만박서생 유숭과 철혈염라 철극심은 오히려 평소보다도 냉정을 유지하고 있었다.

"마침내 꺼지고 말았군."

"성화의 수명이 다했군요."

철극심의 말을 유숭이 받았다.

그들의 목소리 어디에도 충격이나 경악은 존재하지 않았다.

그럴 수밖에 없는 것이 그들은 이성적인 자들이었다. 어떠한 상황을 놓고서 신이나 하늘을 찾기보다는 그 원인과 원리를 먼저 찾는 성격이었다. 그리고 그것은 이번 영겁성화 건도 마찬가지였다.

"인과 관계만 따져 보자면 성화를 유지하던 유황천이 고갈됐거나 다른 문제로 인해 유황 공급이 막혔다고 봐야 타당할 것입니다. 좀 더 간략히 표현하자면 지기(地氣)가 소멸했다고 할 수도 있겠군요."

"음."

영겁성화는 푸른빛을 내며 타오르는 불길이다. 세간에는 그것이 영혼을 불태우는 불길이기에 푸른빛을 띤다고 알려져 있었다.

그러나 진실은 불길을 유지하는 것이 불길 아래 유황천에서 새어 나오는 유황이기 때문임에 지나지 않았다.

함부로 불을 쥐려 한 자를 죽을 때까지 불사른다는 소문 또한 마찬가지로 와전된 것이었다.

진실은 유황 연기가 옷에 배어 불이 쉽게 꺼지지 않는 것에 지나지 않았다.

결국은 영겁성화라는 것의 존재 자체가 거대한 사기극에 지나지 않았다. 과거에는 백련교도들의 사기를 진작시키기 위한, 현재는 같은 방식으로 혈교도들을 격려하기 위한.

마찬가지로 영겁성화가 꺼진 것은 그다지 호들갑을 떨 일이 아니었다.

그저 대단할 것 없는 불길이 사라진 것에 지나지 않았으니 말이다.

그러나 무지몽매한 아랫것들에겐 중요했다. 어차피 저들이야 별별 해괴하고 괴상한 미신을 맹신하고는 했으니까.

그리고 유숭과 철극심은 지도자로서 저들이 지닌 미신의 근원을 충족시켜 줄 필요가 있었다. 그러는 편이 수하들을 이용하기에도 편했고 저들의 사기를 올리는 데에도 편했기 때문이다.

무림맹에 쫓겨 십만대산의 깊은 산골짜기까지 들어와 버린 그들로서는 이런 식으로라도 사기를 유지할 필요가 있었다.

"뭔가 좋은 거짓말이 있나?"

"간단합니다. 예언된 존재, 혈교를 통일할 존재가 나타날 징조라고 꾸미면 되겠지요."

"나쁘지 않군. 옛 영겁성화가 꺼짐으로써 새로운 백련교의 시대가 열릴 거라고 하면 되겠어."

"그러고 보니 지천궁주 유설태에게서 서신이 왔습니다."

"또 병력을 보내달라고 떼쓰는 내용이던가?"

"아뇨, 그것이 아니라······."

잠시 주저하던 유숭이 굳은 표정으로 말했다.

"패도궁주가 사망했다고 합니다."

"······."

철극심의 얼굴 또한 딱딱하게 굳었다. 하나 그 와중에도 특유의 냉정함을 유지하고 있었는데, 그의 별호와 참으로 어울리는 반응이었다.

"아무나 백진설을 죽일 수는 없었을 터인데. 대체 누가 그를 죽인 거지? 정파 놈들일 리는 없다고 보네만."

"패도궁주는 패도무한공을 완성한 직후였다고 합니다. 그리고 진정한 혈교 내의 일인자가 되기 위한 절차를 밟으려 했다더군요."

"그 천둥벌거숭이가."

철극심이 와락 미간을 구겼다.

"패도무한공만 믿고서 화무백에게 쳐들어간 거로군."

화무백이란 존재는 어느 순간부터 혈교도들에게 있어 하나의 기준이 되어버렸다.

홀로 그를 압도하는 자에게라면 혈교 교주의 자리를 바치더라도 감수할 수 있다.

그것이야말로 언젠가부터 혈교도들의 뇌리 깊숙이 박혀버린 일종의 묵계였다.

물론 꼭 그 때문이 아니어도 백진설의 성격상 어떻게든 화무백을 꺾으려 했을 테지만 말이다.

"하지만 이상한 일이군. 백진설이 광오하긴 해도 무모한 놈은 아닌데. 그렇게나 허무하게 살해당했다는 게 이상해. 제아무리 화무백이 상대라지만……."

"사실 서신의 내용은 거기서 끝이 아닙니다. 오히려 나머지 소식이야말로 백진설의 죽음보다 충격적이라 할 수 있을 겁니다."

"무슨 내용인데 그러나?"

유숭은 대답에 앞서 작게 한숨을 쉬었다.

"그 화무백 또한 살해당했습니다."

"......!"

철극심의 얼굴빛이 붉게 변했다. 오만 가지 감정이 한순간에 들끓어 오른 듯한 얼굴이었다. 마치 불에 달궈진 쇳덩어리 같은…

"그 두 사람이 동귀어진이라도 했단 말인가? 어떻게 그런 양패구상의 결과가 나올 수 있는 거지?"

"백진설은 마침내 화무백을 뛰어넘어 그를 쓰러뜨렸다고 합니다. 어처구니없게 반격당하는 사태를 미연에 방지하고자 곧장 화무백의 숨통을 끊었다고 합니다."

"그런데?"

"그 이후에 방심을 하고 말았던 겁니다. 하필 그곳에 백진설을 일수에 죽일 정도의 실력을 지닌 암살자가 존재했고요."

철극심은 얼떨떨한 표정을 지었다.

"그런 자가 존재한다고? 아무리 지친 상태라고 하지만 천하의 백진설에게 기습을 가할 정도의 실력자가?"

"존재했습니다."

"정말인가?"

"예, 백진설은 패도무한공을 극성까지 익힌 상태였지만 불행히도 세상에는 패도무한공과 자웅을 겨룰 수 있는 또 하나의 마공이 존재하지요."

철극심은 그 마공이 무엇인지 구태여 묻지 않았다. 그 또한 잘 알고 있는 까닭이었다.

"암천비류공."

"예, 그렇습니다."

"하지만 그건 말이 안 돼. 암황의 무공은 일인전승인 데다 현 시대의 계승자는 화무백 한 명뿐이지 않나? 그걸 제한다면 유설태가 지닌 비급이 유일한 전수 수단일 텐데 아직까지도 적합자 하나 발견하지 못하고 있는 게 현실이지."

"예, 저도 그렇게 알고 있었습니다. 하지만… 그게 아니었던 모양입니다."

철극심은 주먹으로 입을 가리고는 침묵했다.

"또 하나의 암천비류공 계승자가 존재했다고?"

"그렇습니다."

"대체 어떤 놈이지?"

"철혈염라께서도 어쩌면 들어보셨을지 모르겠군요. 스스

로를 암제라고 칭하는 자입니다."

"암제?"

"예, 아마도 암황의 후계자임을 부각시키기 위함이겠지요."

철극심은 마음에 들지 않는 듯 콧김을 훅 뿜었다.

"건방지기 짝이 없는 놈이군. 감히 차용할 게 없어 암황의 이름을 차용하다니."

"그렇다지만 능력 자체는 의심할 수 없습니다. 다른 이도 아닌 저 백진설을 암살한 존재니까요."

"그래서 더 싫다는 걸세."

철극심은 피가 나도록 이를 악물었다.

"백진설은 희대의 천재였어. 아마도 흔히 말하는 백 년에 한 번 나올까 말까 한다는 무공의 기재였을 것이야. 그가 패도무한공을 완전히 자기화하고 어느 정도 내공이 뒷받침되었다면 혈교 일통쯤은 손가락 하나 까딱함으로써 끝났을걸세."

"아마 그렇겠지요."

"그 암제라는 놈은 그걸 망쳐 놓은 거야. 어떻게든 살려두어야 할 희대의 천재를 죽인 거라고."

평소 중립적인 성격의 철극심이었으나 오늘만큼은 분노를 참기가 어려워 보이는 눈치였다.

그리고 그것은 유숭 또한 마찬가지였다.

"역시 복수를 해야겠지요?"

"아니, 하지 말게. 내가 할 테니."

"그렇게 말씀하실 줄 알았습니다."

쓴웃음을 지은 유숭이 말을 이었다.

"사실 오늘 아침에 한 장의 서신이 더 도착했습니다. 지천 궁주의 것이더군요. 조만간 이곳을 방문할 거라는."

"흥! 백진설의 죽음으로 발등에 불똥이 떨어졌나 보군."

"그런 것 같습니다. 아마도 우리의 힘을 빌리고자 찾아오 는 것이겠지요."

철극심은 이빨을 딱 부딪쳤다.

"쥐새끼 같은 놈. 난 처음부터 유설태, 그놈이 마음에 들지 않았어."

"하지만… 이번만큼은 그간의 악감정을 잊어야 할지도 모 릅니다."

유숭의 두 눈이 가늘어졌다.

"백진설의 목숨 빚을 그 암제라는 자에게서 받아내야 할 테니까요."

\*          \*          \*

여남을 떠나고 이틀 뒤.

현월 일행은 무림맹 본부를 눈앞에 두고 있었다.

"휴우우."

서아현이 혀를 빼물고는 숨을 토했다. 그녀와 유화란은 꽤나 피로한 표정이었는데, 현월의 강행군을 따라잡느라 몸이 녹초가 된 까닭이었다.

물론 정서적인 압박감도 컸다.

특히나 서아현으로서는 목숨 걸고 겨우 탈출한 곳에 되돌아왔다는 게 영 마뜩잖은 일이었다.

'하지만⋯⋯.'

현월의 뜻은 완고했다. 그렇다면 결국 그녀로서는 따를 수밖에 없는 일이었다.

"이제 어떻게 하죠?"

서아현의 물음에 현월은 잠시 고민하는 눈치였다.

"일단은⋯⋯."

짧은 침묵을 깬 현월이 말했다.

"옛 정보망이 살아 있는지부터 확인해 보십시오."

**8장**

잠입

　기본적으로 통천각 요원 개개인은 개별적인 정보망을 지니게 마련이었다.

　정보망이라 해 봐야 그리 거창한 것은 아니고 결국은 이런저런 소문과 풍문을 전해 듣는 경로였다.

　또한 정보망이 물어다 주는 자료의 절반 이상은 뜬소문에 지나지 않았다.

　결국 정보의 진위를 가려내고 그것을 얼마나 유용하게 사용하느냐는 전적으로 통천각 요원의 재량에 달려 있는 셈이었다.

서아현은 서안의 시내를 한나절 가까이 돌아다녔다. 거의 한밤중이 되어서야 돌아온 그녀는 피로한 얼굴이었다.

그래도 표정 자체는 그다지 어둡지 않았다.

"몇 가지 입수한 이야기가 있어요. 유용한 정보인지는 아직 모르겠지만요."

"무슨 내용입니까?"

"일단… 무림맹 군사 유설태가 휴가를 얻었다고 해요."

현월의 미간이 좁혀졌다.

"휴가?"

대강은 그 의도가 짐작이 되었다. 필시 휴가를 핑계로 혈교를 수습하려는 목적일 테지.

'설마 내가 여기까지 찾아오리라고는 예상하지 못했다는 건가?'

혹은 휴가를 갔다는 이야기 자체가 거짓일 수도 있었다.

어쩌면 현월을 함정에 빠뜨리고자 소문을 흘린 것인지도 몰랐다.

'어쩌면 그 반대일지도 모르고.'

현월은 일단 이야기를 더 들어보기로 했다.

"계속 얘기해 보십시오."

"그러죠. 음, 이건 통천각 쪽 정보예요. 요사이 각주의 행동이 심상치 않다는 얘기가 많아요."

"각주?"

"네, 통천각주 무단걸. 제 옛 상관이죠."

"그자의 행동이 어떻기에 그런 얘기가 나온답니까?"

"굉장히 신경질적인 모습을 자주 보인다던데요? 누가 말만 걸어도 짜증을 내는 통에 부하들에게 두통이 올 지경이라네요."

"흠."

현월은 턱을 괴고 생각했다. 그러고 보면 통천각의 부각주였던 관수원 또한 혈교의 장로였을 정도로 통천각 자체에 유설태의 영향력이 강하게 뿌리내려 있던 게 사실이었다.

각주인 무단걸 또한 유설태의 수하라고 생각하는 쪽이 자연스러울 것이다.

'그런 무단걸이 극도로 예민한 상태라는 건······.'

배경을 유추하는 것은 어렵지 않았다.

통천각의 책임자쯤 되는 위치의 사내가 온 신경이 곤두서 있을 정도의 일이란 그다지 많지 않은 법이었으니까.

'예컨대 극도로 중요한 책무를 맡았을 경우라거나 말이지.'

머릿속에서 자그만 조각들이 서서히 짜 맞춰지는 기분이었다.

현월의 눈치를 보던 서아현이 말했다.

"계속 얘기해도 될까요?"

"말씀하시죠."

"그럴게요. 음, 사실 이건 그다지 중요하진 않은 얘기일 수도 있는데……."

"어떤 겁니까?"

어깨를 으쓱인 서아현이 대답했다.

"혹시나 해서 무사관이 어떻게 되었는지 조사해 봤어요. 폐쇄가 되었다거나 관원이 교체되었거나 했으리라 예상했는데……."

"했는데, 뭡니까?"

"무사관이란 부서 자체가 사라져 버렸어요."

"사라졌다?"

"엄밀히 말하면 아예 처음부터 존재하지 않았던 게 되어버렸어요. 아예 그런 게 존재했다는 기록까지 완전히 소거된 거죠."

더 들을 필요도 없겠다는 생각이 들었다.

현월은 서아현과의 대화 내용을 그대로 유화란에게 전해 주었다.

유화란의 얼굴이 걱정과 불안으로 구겨졌다.

"이제 어떻게 하실 건가요?"

"임 소저 건을 처리하는 건 그다지 어렵지 않을 것 같습니

다. 지금까지의 정황을 봐선 내가 이렇게 나오리라고는 생각
지도 못한 것 같고 한술 더 떠 유설태마저 자리를 비운 상황
이라면 버거운 상대는 없다고 봐도 좋겠죠."

"그럼……."

현월은 분명한 어조로 말했다.

"통천각부터 수색을 시작해 봐야겠죠."

*　　*　　*

으슥한 밤.

세 개의 인영이 담벼락을 넘어갔다.

무림맹 본부는 어지간한 마을 서너 개가 들어가고도 남는
규모를 자랑했다.

하나 그것은 곧 감시 및 경계해야 할 구역이 많다는 것을
의미하는 것. 침투하는 것 자체는 그리 어렵지 않은 편이었
다.

더군다나 현월의 머릿속엔 본부 내의 구조가 완벽히 각인
되어 있었다.

특히나 유설태의 주요 영역이라 할 수 있는 통천각을 비롯
한 구역들은 현월에게 있어서도 고향 집처럼 친숙할 수밖에
없었다.

스스슥.

세 개의 신형은 통천각이 훤히 보이는 위치까지 접근했다.

유화란이 현월을 돌아봤다.

"수향이 저 안에 있을까요?"

"확인해 봐야죠."

짤막히 대꾸한 현월이 걸음을 떼었다.

"여기서 기다리십시오."

"네? 하지만……."

"혼자가 편합니다. 전투가 벌어질 일은 없을 테니 기척을 죽이고 기다리십시오."

"아, 알겠어요."

대답을 들은 현월이 성큼성큼 걸어갔다. 열 걸음이 채 지나기 전에 현월의 모습이 어둠에 잠겨 완전히 사라졌다.

현월은 그대로 걸어 통천각의 정문으로 향했다.

정문은 굳게 닫혀 있었다. 뿐만 아니라 청룡도를 쥔 두 명의 경비가 우뚝 선 채 경계를 서고 있었다. 그럼에도 현월은 걸음을 늦추지 않았다. 오히려 한층 속도를 높여 경비들에게로 다가갔다.

바람 한줄기가 불었다 싶은 순간.

허공에서 허여멀건 무언가가 나타났다. 흠칫 놀란 경비들이 반응하려 했다.

그것이 그들이 기억하는 마지막 순간이었다.

삽시간에 월령보(月靈步)를 펼쳐 경비들에게 접근한 현월이 수도를 내려쳐 그들을 기절시킨 것이었다. 두 명의 경비는 누가 먼저랄 것 없이 혼절했고 현월은 고꾸라지는 그들을 받아 들어 조용히 눕혔다.

주변은 여전히 고요했다.

현월은 정문을 열고 안으로 들어갔다.

'사람을 가둬둘 만한 곳은…….'

당장 떠오르는 곳은 꽤나 많았다. 통천각 자체가 서고 보관만을 위해 지어졌다고 보기엔 지나치게 거대한 규모를 자랑했기 때문이다.

빈 공간이 많다 보니 사람을 가둬둘 곳 또한 많을 수밖에 없었다.

그런 곳을 일일이 확인하다가는 날밤을 새우고도 남을 터였다.

'어쩐다?'

현월은 어둠 속에 몸을 숨긴 채 잠시 고민했다. 마음 같아서는 아무나 하나 붙잡고 고문이라도 해서 알아내고 싶었지만 오늘만큼은 되도록 조용히 일을 마무리하고 싶었다.

어찌 되었든 무림맹은 백도 무림의 중심.

현월로서는 그다지 척을 지고 싶지 않은 상대였던 것이다.

비록 유설태가 군사로 있다고는 하지만 현월은 혈교의 마수가 무림맹의 골수 깊은 곳까지 스미지는 않았다고 믿고 싶었다. 무림맹에는 아직 희망이 있다고 믿고 싶었다.

고심을 계속하던 현월의 머릿속에 생각 하나가 스쳐 지나갔다.

꽤나 오래전의 일.

현월이 처음 암천비류공을 접하고 한동안 비급 해석에 끙끙거리던 때의 일이었다.

'그때는 거의 통천각에서 살다시피 했었지.'

당시의 현월은 식음을 전폐한다는 말의 의미를 몸소 실천했었다.

식사는 최소한으로 줄인 채 하루의 대부분을 비급 해석 및 습득에 소모했는데, 유설태는 그런 현월을 위한 자리를 따로 마련해 주었었다.

'통천각 내의 비밀 서고.'

참고할 만한 무공 서적들을 구비해 놓았으며 홀로 수련하며 숙식하기에 적합한 공간을 지니고 있는 방. 그곳에는 물론 아무나 출입할 수가 없었다. 기실 현월 한 사람만을 위한 장소나 마찬가지였다.

어쩌면 그곳에 임수향을 가둬놓았을지도 모르겠다는 생각이 들었다.

아무나 출입할 수 없다는 것은 뒤집어 말하자면 아무나 빠져나갈 수 없다는 의미이기도 했던 것이다.

아늑한 감옥.

당시 그 방에 대해 현월이 느꼈던 감정이었다. 암천비류공의 습득에만 매달렸던 것은 물론 현월의 집념이 강한 까닭이기도 했지만 그만큼 방이 폐쇄적이라는 점도 한몫했었다.

현월은 기억을 더듬어 걸어 나갔다. 길을 헤매지는 않았다.

실로 오랜만에 돌아온 통천각이었으나 현월에게 있어선 익숙하기 그지없었기에.

계속 걸어 나가다 보니 막다른 벽이 나타났다.

현월은 당황하지 않고 손을 뻗어 벽의 옆면을 더듬었다.

달칵.

손끝에 와 닿는 감촉.

현월은 벽돌 사이에 위치한 자그만 틈에 손가락을 집어넣었다.

이쑤시개보다 약간 큰 지렛대가 손끝에 걸렸다.

그것을 끌어당긴 순간…

드르르르륵.

다소간의 소음을 내며 벽의 일부분이 뒤집히듯 열렸다.

현월은 그 안으로 신형을 밀어 넣었다.

내부 통로를 따라 어느 정도 걷다 보니 익숙한 나무 문이 나타났다.

현월은 자기도 모르게 실소를 머금었다.

'여기도 오랜만이군.'

나무 문엔 흔한 자물쇠 하나 걸려 있지 않았다. 하기야 이곳을 찾아낼 정도의 능력자 앞에선 그 어떤 자물쇠도 의미가 없을 터였다.

나무 문을 밀고 안으로 들어갔다.

순간 좌측에서 현월을 향해 짓쳐 드는 신형이 있었다.

"하앗!"

짓쳐 든다고 해도 딱히 날카롭다고 보기 어려운 움직임이었다. 또한 공격이라 해 봐야 벽에서 뜯어낸 선반 기둥을 몽둥이 삼아 후려치는 것에 지나지 않았다. 최대한으로 치더라도 현월에게 위협이 될 기습은 결코 아니었다.

스윽.

현월은 뒤로 살짝 물러나는 동시에 간단한 금나수를 펼쳐 몽둥이를 낚아챘다. 그 서슬에 공격자의 몸이 도리어 휘청거렸다.

"꺄앗."

나직한 비명.

현월은 넘어지려는 상대방의 허리를 휘감아 잡았다.

"괜찮습니까?"

익숙한 목소리였던 듯 상대방이 눈을 깜빡였다.

"이 목소리는……."

"기억하고 있습니까?"

"현 소협… 현검문의 현월 소협 맞나요?"

"기억하고 계시는군요."

현월은 나직한 어조로 말했다.

"임수향 소저."

"현 소협……."

임수향의 눈이 어둠 속에서 반짝였다. 물기를 머금은 빛.

그녀가 울먹이고 있다는 것을 눈치채는 것은 그리 어렵지 않았다.

현월이 붙든 손을 통해서 가느다란 떨림이 전달되어 왔다.

현월은 그녀를 일으켜 세워주고는 뒤로 물러났다.

"다행히 몸은 상하지 않은 것 같군요."

"네."

"여기엔 얼마나 갇혀 있었습니까?"

"모르겠어요. 하루 종일 캄캄한 방 안에만 있어서… 바깥의 시간이 얼마나 지났는지도 모르겠고 지금이 낮인지 밤인지도 모르겠어요."

"누가 임 소저를 여기에 가뒀습니까?"

"그건……."

임수향이 고개를 푹 숙였다.

"모르겠어요. 맹으로 복귀한 날 밤에… 잠이 들었어요. 그때까진 평소와 별다를 게 없었어요. 그런데 깨어났을 때 보니 제 방이 아니었던 거예요."

자는 동안 그녀를 납치해 온 모양이었다.

"방 안엔 창문도 없었고 촛불 하나 찾을 수 없었죠. 하나뿐인 문을 여는 건 어렵지 않았는데… 통로를 걸어가 보니 막다른 골목만 나오더라고요. 어딘가에 문을 여는 장치 같은 게 있을 것 같아 찾아봤지만 허사였어요."

"그럴 수밖에 없었을 겁니다."

"그게 무슨 말씀이죠?"

"이 방 안으로 들어오는 통로와 나가는 통로는 별개니까요. 임 소저를 납치한 자들은 저 막다른 골목에 장치된 문을 열고서 들어왔습니다. 하지만 이 안쪽에서는 그 문을 열 방법이 없습니다."

임수향의 눈동자가 어둠 속에서 가늘게 떨렸다.

"현 소협은 대체 어떻게 그걸 아시는 거죠?"

"저들과 악연이 있다… 고 해두죠."

현월의 설명에도 임수향은 의심의 눈초리를 거두지 않았다.

그녀의 망막에 새겨진 불신을 읽어낸 현월이 피식 웃었다.

"날 의심하시는군요."

"그런 얘기를 들었다면 누구라도 의심하는 것이 당연하지 않을까요?"

"누구라도 의심할 얘기임에도 구태여 꺼냈다는 점을 감안하시면 어떻습니까?"

"그건… 그렇군요."

임수향은 납득한 듯 고개를 끄덕였다.

조금 전의 이야기는 현월로서도 굳이 꺼낼 필요가 없는 것이었다.

그냥 구하러 왔다고 말하고 임수향을 데리고 나가면 그만인 일이었으니까.

의혹을 느끼게 할 이야기임을 알면서도 굳이 꺼냈다는 것자체가 역설적으로 현월의 무고함을 증명하는 셈이었다.

그래도 궁금증이 드는 것은 어쩔 수 없었다. 임수향이 현월의 눈치를 보다가 물었다.

"그럼 현 소협은 어째서 이곳에 오신 거죠? 제가 저들에게잡혔다는 건 어떻게 아셨고요?"

현월은 곧바로 대답하지 않고 침묵했다.

사실 그녀가 이런 질문을 던지리라는 것은 예상했었다.

갑작스레 붙잡힌 임수향의 입장에선 의문이 생길 수밖에

없는 일이었다.

정작 그녀는 그 누구에게도 적의를 사지 않았던 데다 적의를 살 만한 입장도 아니었으니까.

일개 관원 따위에게 누가 적의를 가져 봐야 얼마나 갖겠는가.

현월은 미리 생각해 두었던 대답을 꺼냈다.

"부탁을 받았습니다."

"부탁이라니요? 누구에게서 말인가요?"

"무사관주 천유신에게서."

임수향의 눈빛이 달라졌다.

"무사… 관주님께서요?"

"예."

"그분과는 어떤 사이이신 거죠?"

"지금까지는 딱히 접점이랄 게 없었습니다. 그에 대해서도 자세히 알지는 못하고요. 확실한 건 그가 임 소저의 납치 사실을 알아냈고 제게 임 소저의 구출을 의뢰했다는 겁니다."

"그렇다는 건… 제가 납치된 게 관주님과 관련이 있다는 말인가요?"

"그런 것 같습니다."

"그런……."

임수향의 표정이 한층 어두워졌다.

"관주님은 지금 어디 계시죠?"

"저도 모릅니다. 마지막으로 만났을 때 어딘가로 떠날 채비를 하고 있었다는 것밖에는."

"떠날 채비라고요?"

"예."

현월은 미리 준비해 둔 거짓말을 침착하게 이어갔다.

"아마도 임 소저를 납치한 세력 때문인 것 같습니다. 그들이 임 소저를 납치해 천유신을 압박하려 했고 천유신은 그로 인해 제게 도움을 요청했을 겁니다. 동시에 소저를 위험에 빠뜨려선 안 되겠다고 생각했을 테고요."

"그래서 달아나 버렸다는 건가요? 얼굴 한 번 비추지 않고?"

임수향의 어조에서 노한 기색이 묻어났다.

엄밀히 말하자면 분노라기보다는 야속함에 가까운 감정일 터였다.

현월은 나직한 어조로 지적했다.

"그는 소저를 위해서 그런 겁니다."

"저를 위해서라고요?"

"예, 소저를 지키기 위해서."

임수향은 입술을 깨물었다.

"제가 그만큼이나 관주님에게 짐이 되었던 모양이네요."

"그보다는 소저를 아끼는 마음이 컸기 때문일 겁니다."

"정말 그럴까요?"

"아마도."

현월의 대꾸에 임수향은 입을 닫았다. 비록 아무 말도 하지 않았지만 현월은 그녀가 납득했다는 것을 느낄 수 있었다.

'이 정도면 됐으리라 믿습니다.'

현월은 마음속으로 중얼거렸다. 이는 물론 천유신을 향한 말이었다.

차마 임수향에게 그가 죽었다는 말을 전할 수가 없었다.

그래서 그가 떠나갔다고 거짓말했다. 물론 그것이 잘한 일인지 아닌지를 따진다면 어느 한쪽이라고 단언하기 힘든 것이 사실이었다.

앞으로 임수향은 천유신의 그림자 아래 살 것이다. 어쩌면 그를 기다리느라 다른 사내의 접근마저 거부할지도 모른다.

평생을 천유신이 돌아올 거란 믿음 속에 쓸쓸히 살아가야 할지도 모른다.

진실을 말했다면 그녀는 괜한 미련을 갖지 않게 될 것이다.

천유신이 더 이상 살아 있지 않다는 것을 아는 만큼 괜히 그를 기다리느라 헛된 기대를 품지는 않을 테니 말이다.

하지만 그만큼의 상실감을 안고 살아가게 될 것이 분명했다.

그중 어느 쪽이 나은 것인지 현월은 알지 못했다. 그래서 그냥 마음이 시키는 대로 했고 결과적으로 거짓말을 하게 되었다.

그 선택을 후회하진 않았다.

어차피 어느 쪽이 되었든 완벽한 대답은 되지 못했을 것이다.

그녀에게 완벽한 대답을 줄 수 있는 사람은 천유신 한 명뿐일 테니까.

'뭐, 어쩌면 생각보다 빠르게 그에 대해 잊을지도 모를 일이고.'

지고지순한 사랑 같은 것은 어차피 이야기책 속에서나 등장하는 소재에 지나지 않았다. 어쩌면 천유신과 달리 임수향은 그를 마음 깊이 담아두지 않았을지도 모르는 일이었다.

그중 어느 쪽이 되었든 일단은 나가고 보는 게 나을 듯했다.

"유 소저가 기다리고 있습니다. 가시죠."

"화란 언니가 여기에 와 있나요?"

"예."

임수향의 얼굴이 다소 밝아졌다. 이를 확인한 현월이 몇 마디를 덧붙였다.

"무사관은 무림맹 상부에 의해 폐쇄됐습니다. 사실 폐쇄된 정도에 그친 게 아니라 아예 존재했었다는 기록 자체가 말소된 것으로 보입니다."

"그런… 상부에서 어째서 그런 짓을 벌인 거죠? 관주님께 무슨 위험이 있다고요."

"그것까진 모르겠습니다. 다만 윗사람들이 보기에 천유신은 상당히 위험한 인물로 느껴졌던 모양입니다."

"그건 말도 안 돼요."

임수향이 항변하듯 대답했다.

"관주님은 하루 내내 게으름을 피우는 것 말고는 할 줄 아는 게 없는 분인걸요. 혼자서는 고양이 한 마리 못 잡을 사람인데 그런 관주님이 위험하다니……."

"어쩌면 임 소저가 모르는 천유신의 일면이 있었는지도 모르죠."

"하지만……."

"우선은 나가서 얘기합시다."

"알겠어요."

임수향이 고개를 끄덕였다.

현월은 방 안을 살펴보았다. 방의 구조는 그가 기억하고 있는 모습과 일치했다.

다만 사람의 손을 탄 흔적은 현월의 기억보다 비교적 적은 듯했다.

'원래대로면 내가 썼어야 할 장소인데 내가 사라져 버린 탓에 그대로 방치되어 있었나 보다.'

어느 정도는 희망적인 사실이었다.

이는 곧 현월을 대체할 암천비류공의 적합자가 없다는 뜻이었으니까.

'아직은 모르는 일이지만.'

단순히 적합자를 찾아낸 게 늦어져서 이곳을 쓰지 못한 것뿐인지도 몰랐다.

그게 아니면 현월과 다른 형태로 암천비류공을 익히고 있는지도 모를 일이었고.

생각을 이어가는 와중…

현월의 손이 벽돌 사이의 틈으로 들어갔다.

앞서 이곳으로 들어왔을 때와 같은 방식으로 지렛대를 당겼다.

드르르륵.

비밀 문이 열렸다. 현월과 임수향은 문틈을 통해 바깥으로 빠져나왔다. 문은 통천각 중심부에 있는 방과 연결되어 있었다.

유설태가 사용하는 방들 중 하나였다.

'그러고 보니……!'

마침 잘됐다는 생각이 들었다. 물론 유설태는 바보가 아니었고 자기가 쓰는 방이라 하여 중요한 물건을 아무렇게나 놓아두거나 하진 않았다.

혹시나 싶었던 현월이 방 곳곳을 뒤져 보았으나 딱히 건질 만한 것은 없었다.

아쉽지만 별수 없는 일이었다. 현월은 아쉬움을 뒤로한 채 방을 나섰다.

임수향은 얼어붙은 표정이었다.

"비밀 문이 군사님의 방 중 하나로 연결되어 있다는 건⋯ 절 납치한 사람이 군사님이란 뜻이겠죠?"

이제 와 얼버무리긴 어려울 듯했다. 현월은 사실대로 대답했다.

"예."

"그럴 수가⋯⋯."

임수향은 믿기 어렵다는 듯 중얼거렸다.

"휴가에서 복귀하던 날에 군사님을 만났었어요. 자상한 태도로 이런저런 말을 붙여주신 덕에 무척 따스하신 분이라고 생각했었는데⋯ 설마 이런 일을 벌일 줄이야."

"누구에게나 양면성이란 게 존재하는 법이니까요."

"대체 관주님과 군사님 사이에 무슨 일이 있었던 거죠?"

"그것까진 모르겠습니다."

짤막히 대꾸한 현월이 손가락을 입가로 가져갔다. 임수향은 고개를 끄덕이고는 곧 침묵했다.

두 사람은 계단을 통해 일 층으로 향했다.

그 와중, 돌연 현월이 손을 들어 임수향을 멈춰 세웠다.

"이 아래로 내려오지 마십시오."

"예? 무슨 일인가요?"

대답은 아래쪽에서 들려왔다.

"쥐새끼 같은 놈! 그 위에 있다는 것을 다 알고 있다. 썩 내려오지 못할까!"

낯선 목소리였다. 현월이 미간을 찌푸리는 새 임수향이 비명처럼 속삭였다.

"통천각주님의 목소리예요……!"

**9**장

살영과의 접전

통천각주 무단걸은 무능하다.

그것이 유설태를 비롯한 혈교의 인물들이 무단걸에게 지니고 있는 관념이었다.

항시 유설태 앞에서는 쩔쩔매며 형식상의 수하인 관수원조차 대하기 어려워하는 모습.

무단걸의 그러한 모습은 결코 유능한 인재의 그것이 아니었다.

하지만 그것은 동전의 한 면만을 바라보는 관점에 지나지 않았다. 달리 말하자면 편협한 시선이라고 할 수도 있으리라.

본디 무단걸은 혈교도가 아니었다. 하나 뼛속까지 의협심으로 똘똘 뭉친 협의지사 또한 아니었고 유설태에게 협박 반회유 반의 설득을 당해 혈교 측으로 붙은 배반자라 할 수 있었다.

이를 뒤집어 말한다면 통천각주의 자리는 순전히 그 자신의 능력만으로 쟁취한 자리라는 뜻이기도 했다.

물론 그 능력이란 게 온전한 것이라고만은 할 수 없었다.

때로는 상사들의 눈치를 보고 때로는 적당한 뇌물과 접대 등을 통해 환심도 샀다.

때로는 들어주기 어려운 요구를 울며 겨자 먹기식으로 들어주기도 했다.

비록 그런 식으로 쟁취한 자리라고는 하나 무단걸은 어찌됐든 통천각주가 되었다.

무림맹 내에서도 제법 요직이라 할 수 있는 자리를 꿰찬 것이다.

그런 이를 무능하다고 볼 수는 없다.

상대적으로 낮춰 볼 수야 있겠으나 객관적인 관점에서 봤을 때 무단걸은 결코 무능하다고 평가절하당할 만한 위인은 아니었다.

그러한 무단걸의 능력이 이번에도 발휘된 것이라 할 수 있었다.

유설태는 임수향에 대해 그다지 심각하게 생각하지 않았다.

그녀를 구하기 위해 누군가가 오리라고도 생각하지 않았고 설령 온다고 하더라도 자신의 비밀 장소를 찾아내진 못하리라 생각했다.

그랬기에 무단걸에게 지휘권을 넘기고서 혈교를 수습하기 위해 떠난 것이었다.

반면 무단걸은 만약의 경우를 대비해 만반의 준비를 갖추어 두었다.

물론 이는 그의 꼼꼼한 성격 때문이라기보다는 그저 일을 망쳐 유설태에게 벌 받는 것을 두려워한 결과에 지나지 않았다.

하나 원인이 무엇인들 결과가 제대로 되었으니 아무래도 좋은 일이었다.

무단걸은 그러한 불안감 덕에 통천각의 상황을 항시 예의 주시하게 되었다.

또한 유설태에게서 허가 받은 대로 살영들을 통천각 내에 집중 배치해 두었다.

그리고 마침내 물고기가 밑밥을 물었다.

통천각 정문을 지키던 문지기들이 쥐도 새도 모르게 당한 것이다.

쥐도 새도 모르는 일이라 하나 살영들의 눈을 피할 순 없었다.

삽시간에 상황이 무단걸에게까지 전파되었고 그는 곧장 살영 및 통천각의 가용 요원들을 모조리 끌고 와 일 층에 진을 쳤다.

'이제 네놈은 독 안에 든 쥐 신세란 말이지!'

무단걸은 자신의 선견지명에 내심 감탄하고 있었다.

덕분에 윽박지르는 소리에도 자연히 힘이 들어갔다.

"쥐새끼 같은 놈! 어서 이 통천각주 무단걸 앞에 모습을 드러내지 못하겠느냐!"

기세 좋게 소리치는 무단걸의 뒤로는 통천각 요원 수십이 도열해 있었다.

하나 그를 한결 기세등등하게 만드는 것은 요원들이 아니었다.

오히려 그 뒤편.

요원들의 그림자라도 되는 양 어둠 속에서 조용히 기세를 갈무리하고 있는 무리.

살영의 존재였다.

혈교의 장로이자 지천궁주인 유설태가 직접 길러낸 최강의 살수들.

그들이 익힌 무공은 흑월비상공(黑月飛上功)이라 불리는 무공이었다.

이는 암천비류공에서 갈라져 나온 일종의 약식 무공이었다.

암천비류공에서 파생된 초식들을 간략화하고 일부분 변형한 다음 혈교의 심공과 결합시킨 것으로, 혈교의 무학을 담당하고 있는 지천궁의 역량이 고스란히 집중된 역작이었다.

그것을 극성까지 연마한 이들이 바로 이들 살영이었다.

무단걸은 득의양양한 눈으로 계단 쪽을 응시했다.

'네놈이 누구든 개의치 않는다.'

그의 입가가 호선을 그렸다.

'어차피 저 살영들 앞에서는 한낱 움직이는 과녁에 불과할 테니까.'

대낮이라면 모를까 지금은 살수들이 최상의 능력을 발휘할 수 있는 한밤중이다.

하물며 그들을 지원해 줄 통천각의 요원들까지 준비되어 있었다.

유리하다고밖에는 할 수 없는 상황.

이런 가운데 최강의 살수들을 감당할 자가 과연 어디에 있으랴.

살영들이 펼치는 연환살초를 감당해 낼 자는 저 무림맹주 남궁월 정도를 제외한다면 이 강호에 존재치 않을 것이다.

무단걸은 그렇게 확신했다.

'저 혈교의 전설인 암황이 살아 돌아오지 않는 한은 말이지!'

지고 싶어도 질 수 없는 상황이다.

무단걸은 콧노래라도 흥얼거리고픈 마음을 애써 억누르고는 기세 좋게 소리쳤다.

"어서 썩 나오지 못할까!"

위층으로 이어지는 계단 위로 두 발이 나타났다. 터덜터덜 걸어 내려오는 걸음은 무력하다기보다는 여유로웠다.

'아직 상황 판단이 잘 안 되는 모양이로군.'

무단걸의 눈썹이 꿈틀거렸다.

"어서 빨리 내려오지 못할까!"

호된 호통에도 걸음이 빨라질 기미는 보이지 않았다. 침입자는 답답하기까지 한 걸음으로 계단을 내려왔다.

침입자의 얼굴을 확인한 순간 무단걸은 맥이 탁 풀리는 느낌이었다.

"이건 또 웬 하룻강아지란 말인가?"

어린놈이었다. 무단걸의 입장에선 조카뻘이라 해도 과언이 아니었다.

내뿜는 기도 또한 그다지 대단하다고는 느껴지지 않았다.

'아니지.'

무단걸은 휘휘 고개를 저었다.

'그렇다 해도 방심할 수는 없지. 암, 그렇고말고!'

통천각에 잠입했을 정도의 실력자다.

다른 건 그렇다 쳐도 잠행술 하나만큼은 빼어나다고 봐도 좋았다.

'하지만 오늘 상대를 잘못 만났구나!'

무단걸은 피식 코웃음을 쳤다.

머리에 피도 안 마른 애송이 놈이라 한들 침입자는 침입자다.

흠씬 두들겨 팬 다음 유설태에게 갖다 바치면 상당한 신뢰를 얻을 수 있을 것이다.

"네놈이 그 무사관 계집을 데려가려 온 놈이렷다?"

"그래."

의외로 침착한 목소리.

하지만 그리 놀랄 일은 아니었기에 무단걸은 신경 쓰지 않았다.

무단걸은 짐짓 자비를 베푸는 어조로 말을 이었다.

"보다시피 네놈에게 있어 생로(生路) 따위는 남아 있지 않다. 독 안에 든 쥐의 심정을 이제는 이해할 수 있을 테지?"

"……"

"지금이라도 저항을 포기하고 투항한다면 험하게 굴리진

않으리라 약속하마. 이 통천각주 무단걸의 이름을 걸고서 말이지."

자랑스러운 듯 가슴까지 탕 치며 말하는 무단걸이었다.

'손가락 한두 개쯤은 잘리겠지만 말이다. 흐흐.'

기왕이면 배후까지 알아내는 것이 좋을 듯했다.

일사천리로 모두 해결하기만 한다면 앞으로 무단걸을 바라보는 유설태나 다른 이들의 시선 또한 사뭇 달라질 것이었다.

'그야말로 호박이 넝쿨째 굴러 들어온 셈이로다!'

내려오는 침입자를 바라보며 실실 미소를 흘리는 무단걸이었다.

*        *        *

"어, 어쩌면 좋죠?"

서아현의 목소리가 파르르 떨렸다.

그녀와 유화란은 통천각의 상황을 지켜보고 있었다. 조금 전 수십에 달하는 통천각 요원이 각 내로 진입을 한 차였다.

그들의 선두에는 통천각주 무단걸이 있었다. 그 모습을 통해 현월의 침입이 발각됐음을 유추하는 것은 그다지 어려운 일이 아니었다.

그로부터 반각쯤 시간이 지났다.

하나 그 반각이 유화란과 서아현의 입장에서는 반년처럼 느껴졌다.

유화란은 입술을 지그시 깨물었다.

"흑련이었다면 두 번 생각하지 않고 도우러 들어갔겠죠. 하지만 우리는 흑련이 아니에요."

"그럼 그냥 지켜만 보자는 건가요?"

"도움이 되지는 못할지언정 방해가 되어선 안 되니까요. 솔직히 말해서 지금의 제 실력으로는 현 소협에게 짐만 될 거예요. 서 소저는 어떻죠?"

"저야 뭐……."

서아현이 말끝을 흐렸다.

그녀보다 확실히 무공이 뛰어난 유화란마저 저렇게 말할진대 그녀가 돕겠답시고 들어가 봐야 그 결과는 뻔한 것이었다.

"그렇다고 여기에 가만히 앉아 기다릴 수만은 없지 않나요?"

"도움이 될 방법을 생각해 봐야죠."

"뭔가 떠오른 게 있어요?"

유화란은 잠시 턱을 괴고 생각에 잠겼다.

"아직까지는 통천각 쪽 요원들만 움직인 것 같지만 이대로 있다간 지원이 더 오게 될지도 몰라요."

"역시… 그렇겠죠?"

"그걸 어떻게든 저지해야 돼요."

완전히 막는다는 건 언감생심 꿈도 꾸지 못할 일이었다.

통천각 하나 상대할 수 없는 마당에 그 수십 배에 이르는 무림맹 전력을 어찌 막겠는가.

'하지만……'

문자 그대로 저지하는 것뿐이라면, 시간을 끄는 것뿐이라면…

"가능할지도 몰라."

유화란은 스스로에게 들려주듯 중얼거렸다.

＊　　　＊　　　＊

"……"

현월은 층계참에 멈춰 서서는 대치자들을 살폈다. 자신을 통천각주 무단걸이라고 소개한 중년인이 하나, 그 뒤에 도열해 있는 수십의 통천각 요원.

'그리고……'

보통 사람이라면 그 존재를 읽어내지 못할 소수의 무인.

현월의 기감으로도 어렴풋하게만 잡아낼 수 있는 무사들

이 더 존재했다.

현월은 그들의 기척이 어딘지 모르게 익숙하다고 생각했다.

'이건… 설마?'

그때 무단걸이 다시금 소리쳤다.

"놈! 어서 내려와 엎드려 목숨을 구걸하지 못하겠느냐! 지금 네놈이 처한 상황이 어떤지 모르는 것은 아니겠지?"

"……"

현월은 이맛살을 찌푸렸다.

'하긴 시간을 낭비해 봐야 좋을 것 없겠지.'

마음을 정한 현월이 재차 걸음을 떼었다.

나머지 계단을 내려오는 그 모습에 무단걸의 미소가 한층 짙어졌다.

"흐흐. 그래도 생각이 영 꽉 막힌 놈은 아니로구나."

"……"

"자, 이리 와서 이 무단걸 님의 발아래에 무릎 꿇고서 목숨을 구걸해 보아라. 네놈이 보이는 태도에 따라 처벌 또한 바뀌게 될 터이니."

현월은 작게 한숨을 쉬었다.

"이쯤 되면 화도 나지 않는군."

"뭐라고?"

쿵!

현월의 오른발이 바닥을 내리찍었다. 발끝이 마룻바닥을 파고들며 기다란 판자의 끄트머리를 내리누르는 형국이 되었다. 자연히 판자의 반대편 끝이 허공으로 튀어 올랐다.

그 끝에 무단걸의 턱이 존재했다.

빠악!

"컥!"

무단걸의 머리가 뒤로 홱 젖혀졌다.

어찌나 타격이 묵직했던지 그의 몸이 살짝 허공으로 들릴 정도였다. 턱을 강타한 판자의 끝 부분이 그대로 으스러졌다.

그리고 그것은 무단걸의 턱뼈 또한 마찬가지였다.

두개골이 심하게 흔들린 탓에 무단걸은 얼이 빠져 버렸다.

그의 몸이 뒤로 스르륵 넘어가는 동안 현월은 월령보를 펼쳐 전방으로 신형을 날렸다.

"어엇!"

"큭!"

통천각 요원들이 당황했는지 신음성을 뱉었다.

하나같이 엉거주춤한 자세.

갑작스러운 상황 변화에 미처 대처하지 못한 까닭이었다.

'잔챙이들은 무시한다.'

현월은 통천각 요원들 사이로 미끄러지듯 빠져나갔다.

그 너머…

현월의 신형을 향하여 맞부딪쳐 들어오는 무리가 있었다.

유설태의 직속 호위 겸 살수.

살영이었다.

'이제야 기억이 나는군.'

현월은 살영에 대해 잘 알고 있었다.

엄밀히 말하면 현월의 선배 격이라 할 수 있는 이들이었다.

그가 암천비류공을 완성하여 암제로서 불리기 전, 유설태의 수족으로서 무림맹 내에서 갖가지 공작을 행했던 이들이 바로 살영이었다.

이후 그들의 자리를 현월이 자연스레 물려받게 됐고 암제라는 위명이 널리 퍼지게 되었다.

그동안 살영은 본래의 임무 중 하나인 유설태의 호위에 집중하게 되었다.

'그리고……'

무림맹이 멸망하던 날.

현월을 포위하고 공격해 왔던 것이 바로 저들, 살영이었다.

그때는 이미 살영의 숫자가 백 이상으로 늘어나 있었던 만큼 현월로서도 도저히 감당할 수가 없을 지경이었다.

'하지만!'

현재 통천각 내 살영의 숫자는 많이 쳐줘야 십여 명에 불과했다.

결국 이 일전은 복수전이 되기도 하는 셈이었다.

현월의 두 눈이 푸른빛 귀화를 토해냈다.

파팟!

질풍처럼 쇄도한 현월의 신형으로부터 두 줄기 강기가 뿜어져 나왔다.

각기 좌우측을 향해 창날처럼 치솟은 기운. 현월은 두 줄기 강기를 꾹 쥐고는 상체를 비틀었다.

쉬릭!

삼 장 길이의 강기 다발 앞에 쇄도하던 살영들이 주춤했다.

쿵!

정적을 쪼개는 소리가 울렸다.

썩은 고목처럼 뒤로 넘어간 무단걸의 후두부가 바닥과 접촉하며 쏟아낸 소리였다. 그 소음에 통천각 요원들이 움찔거리며 놀랐다.

"가, 각주님!"

누군가의 외침.

아마도 통천각 요원 중 하나가 뱉은 비명이리라.

그것을 신호로 살영들이 신형을 쏘았다. 기실 무단걸이 널브러지던 순간에도 심중이 흔들리지 않았던 그들이었다.

'놈의 명령을 받는 입장이 아니라는 거군.'

현월은 재차 바닥을 밟았다.

이 장쯤 떨어진 곳의 바닥 판자가 위로 치솟으며 살영 하나를 덮쳤다.

무단걸의 턱을 빠개놓은 것과 같은 수법.

하나 살영은 호락호락하지 않았다.

간단히 고개를 트는 것만으로 판자를 피하고는 현월을 향해 암기를 날렸다.

쉭!

어둠을 가르고 날아드는 비도. 그러나 현월은 그 궤도를 똑똑히 느낄 수 있었다.

바로 좌수를 뻗어 비도의 옆면을 후려쳐 튕겨냈다.

살영들은 당황하지 않았다. 어차피 비도는 신경을 끌기 위한 미끼에 지나지 않았다. 그들은 어느새 허리춤에서 손을 뽑아내고 있었다.

스릉!

뱀처럼 요동치는 연검의 칼날이 어둠 속에서도 빛을 토했다.

각각의 연검은 여덟 개의 방향에서 현월을 점하고 들어왔다.

현월은 양손에 쥔 강기 다발을 주먹에 응축시켰다. 그러고는 그대로 허리를 숙이며 땅을 내리쩍었다.

빠직!

두 주먹이 격타한 바닥이 거북이 등껍질처럼 쩌저적 갈라졌다.

이윽고 갈라진 균열 사이로 현월의 강기가 파고드는가 싶더니…

파바바밧!

현월을 중심으로 강기가 사방팔방으로 솟구쳐 올랐다. 균열의 결을 따라 치솟는 강기의 모습은 꼭 허공에 수놓아지는 거미줄을 닮아 있었다.

"……!"

"큭!"

당혹감으로 인해 살영들의 눈동자가 흔들렸다.

그대로 치고 들어가다간 공격이 닿기도 전에 자신들이 꿰인 꼬치 신세가 될 판이었다.

살영들은 할 수 없이 신형을 감속하며 연검을 떨쳐 강기 다발을 쳐냈다.

'지금!'

현월은 그 틈을 노려 월령보를 펼쳤다.

스르륵.

현월의 신형이 어둠 속에 삼켜졌다.

살영들은 적의 모습이 눈앞에서 사라지는 광경에 입을 쩍 벌렸다.

다음 순간…

현월의 신형은 가장 멀리 떨어져 있던 살영의 뒤편에서 나타났다.

"뭣……!"

기어코 살영의 입에서 경악성이 터져 나왔다. 목석같은 심중을 지닌 그들조차 현월이 펼치는 예측불허의 움직임엔 기겁할 수밖에 없었던 것이다.

쉬익!

섬전처럼 솟구친 현월의 오른 손아귀가 살영의 목덜미를 움켜쥐었다.

반사적으로 좌수를 뻗어 손목을 쳐내려 하는 살영. 현월은 왼 손아귀로 살영의 좌수를 흘려내고는 오른 손아귀에 힘을 주었다.

꾸구구구국!

목뼈 사이로 파고드는 다섯 손가락.

먹이를 움켜쥔 독수리의 발톱과 같은 형상이었다.

암사철조(暗死鐵爪)의 수법에 살영은 숨통이 찌그러지는 기분이었다.

"끄으!"

혼이 빠져나가는 듯한 신음성에 여타 살영들이 급해졌다.

그들은 바삐 현월을 향해 짓쳐 들며 각자의 살초를 내뻗었다.

현월은 쇄도하는 살초를 향해 오른팔을 휘둘렀다. 결과적으로 암사철조에 꽉 잡혀 있는 살영의 몸뚱이가 방패막이가 되었다.

"......!"

당황한 살영들이 살초를 거두려 했으나 현월이 좀 더 빨랐다.

아예 전방을 향해 신형을 날렸던 것이다.

목을 잡힌 살영은 졸지에 칼날을 향해 뛰어드는 방패의 꼴이 되었다.

퍼퍼퍼퍽!

칼날의 빗발이 살영의 몸을 난자했다.

난자당한 살영의 몸뚱이가 너덜너덜해졌다.

그의 숨이 끊어진 것을 확인하자마자 현월은 미련 없이 몸뚱이를 내던졌다.

기계적이기까지 한 판단에 나머지 살영들은 모골이 송연해지는 기분이었다.

물론 그들이 느끼는 기분 따위는 현월이 알 바가 아니었다.

그래도 적이 냉정을 잃고 동요한다는 것은 나쁘지 않은 일이었다.

현월은 그 틈을 파고들어 가기로 했다.

쉬릭!

어느새 현월의 우수엔 살영이 사용하는 연검이 들려 있었다.

방패막이로 써먹은 살영을 내던질 때 연검을 뽑아 든 것이었다.

나머지 살영들은 졸지에 자신들의 무기에 공격당하게 됐다.

파밧!

암천비류공의 강기를 한껏 머금은 연검은 마치 한줄기의 연기로 화한 듯했다.

흑색의 곡선이 안 그래도 어두운 공간에서 제멋대로 날뛰었다. 살영들은 보이지 않는 칼날의 춤사위에 기겁했다.

차르륵!

허공에서 돌연 쇳소리가 들린다 싶은 순간…

퍼억!

살영 하나의 왼 팔뚝이 끊어져 나갔다. 졸지에 팔을 잘린 살영의 얼굴이 하얗게 질렸다.

"컥……!"

현월은 손속에 일말의 정도 두지 않았다. 비틀거리는 살영을 향해 연환 초식을 날렸고 횡으로 그려지는 궤적 속에서 살영의 목이 떨어져 나갔다.

빠르고 날카로운, 그러면서도 검로를 좀처럼 파악하기 힘든 공세.

살영들은 그제야 깨달았다. 그 검초의 형식이 자신들이 익

힌 연검술인 녹사검(綠蛇劍)의 초식들과 놀랍도록 닮아 있다
는 것을.

아니, 오히려 그 이상.

녹사검의 초식들을 극한까지 연구하여 갈고 닦을 경우 이
렇게 펼쳐지지 않을까 싶을 정도였다.

그야말로 궁극의 연검술이라고밖에는 달리 표현할 말이
없었다.

"네, 네놈은 대체 누구냐!"

인내심 약한 살영 하나가 소리쳤다.

현월은 피식 웃었다.

"자신들이 동요하고 있음을 몸소 보여주는 바보 같은 짓을
하는군."

"뭐야……?"

"감정을 드러내지 않는 것은 살수의 철칙인데 유설태가 가
르치지 않은 모양이지? 아니면 배웠음에도 너무 당황해서 순
간적으로 잊은 것이든가. 어느 쪽이 되었든 좋은 태도는 아니
로군."

"……!"

살수는 어떤 형태로든 자신의 감정을 드러내선 안 된다.

감정은 곧 의지나 생각과도 직결되는 것.

어떻게든 감정을 드러냈다간 다음 수를 읽힐 가능성이 비

약적으로 상승한다.

그러므로 살수는 언제나 무정과 냉정을 유지해야 하는 것이다.

이것이야말로 살수로서 지녀야 할 제일의 수칙이라 할 수 있었다. 한데 닳고 닳은 전문가라 할 수 있는 살영이 그 실수를 한 것이다.

하나 다른 살영들도 실수한 살영을 탓할 수가 없었다. 그가 소리쳐 묻지 않았던들 자신들이 입을 열었을 것임을 알았기 때문이다.

게다가 현월의 대답에서도 어느 정도 배경을 유추할 수 있었다.

'놈 또한 우리와 같은 살수!'

'최고 수준의 실력을 지녔으며 여러 가지 병기와 주위 사물을 이용하는 전투에 매우 익숙하다.'

'게다가 펼치는 초식의 형식은 우리가 익힌 것과 비슷한⋯⋯!'

살영들은 뒤통수를 강하게 얻어맞은 기분이었다. 이름 하나가 그들의 뇌리를 벽력처럼 스치고 지나갔다.

"설마!"

"네놈이 바로 암제!?"

터져 나오는 경악성.

그들이 한껏 동요한 그 순간을 현월은 결코 놓치지 않았다.

적들이 몸소 빈틈을 만들어주겠다는데 거절할 이유 따위는 없었으니까.

팟!

현월은 화살이 쏘아지듯 신형을 날렸다.

연검에 맺힌 강기의 성질이 변형되자 흐물흐물하던 칼날이 빳빳하게 굳었다.

보통의 장검처럼 변한 연검을 쥔 채 현월이 쇄파검류(鎖派劍流)의 초식을 펼쳤다.

순간적으로 수십 개로 늘어난 칼날이 무차별적으로 사방을 베고 갈랐다.

너무나 빠르게 검초가 펼쳐진 탓에 칼날이 늘어난 것처럼 보이는 것이었다.

파파파파팟!

칼날의 폭풍이 허공을 난자했다.

각각의 검초로부터 뿜어져 나온 강기의 돌풍이 어둠을 찢어놓았다.

암천비류강기의 기운은 거기서 멈추지 않고 찢어발긴 어둠 속으로 파고들었다가 일시에 폭발하듯이 터져 나왔다.

한 번의 검초로부터 일어난 강기의 연쇄 작용. 잇따른 기운의 폭발이 사방에서 살영들을 압박했다.

그리고 통천각 요원들 역시.

촤르륵!

파악!

칼날이 살갗을 치고 지나갈 때마다 여지없이 뜨거운 핏줄기가 뿜어져 나왔다. 모골이 송연해지는 비명이 그 뒤를 따랐다.

"끄아아아악!"

"으아아아!"

통천각 일 층은 삽시간에 아비규환이 되었다.

그나마 살영들은 어찌어찌 검격을 피하거나 피해를 최소화할 수 있었다.

그러나 무공 수위가 비교적 낮은 통천각 요원들은 거의 무방비로 당해 버렸다.

끊어진 팔다리가 바닥을 데굴데굴 굴러다녔다. 신체의 일부를 잃은 요원들이 곳곳에서 꿈틀거렸다.

진득한 혈향이 사위를 가득 메운 지옥도.

현월은 그 한가운데에서 스산한 목소리로 선언했다.

"혈교도에겐 그 어떤 자비도 보이지 않겠다."

통천각의 각주와 부각주를 비롯해 대부분의 요원이 혈교 소속이라는 것을 현월은 잘 알고 있었다.

그렇기에 그들을 상대함에 있어 일말의 자비조차 두지 않았다.

물론 개중에는 무고한 이들도 포함되긴 했으리라. 혈교에 대해서도 모르며 진실로 무림맹과 백도 무림을 위해 움직이는 요원 또한 존재하리라.

하지만 그들의 사정까지 일일이 봐줘가며 싸워야 할 만큼 현월은 여유 있는 입장이 아니었다.

다소간의 희생을 감수하지 않고는 체내에 전이된 종양을 제거할 수 없는 법이다.

고통이 두려워 종양의 감염을 내버려 뒀다간 육체 자체가 죽어버리고 만다.

출혈 등의 연쇄 피해를 감수하고서라도 종양 자체를 제거해야만 육체를 살릴 수 있는 법이었다.

현월은 그 사실을 잘 알고 있었다.

그렇기에 이 자리에서 구태여 살육을 벌이기로 결심한 것이었다.

그리고 이는 살영들을 비롯한 혈교도의 입장에선 엄청난 재앙과 다름없었다.

침입자의 소식을 접하고 무단걸은 통천각 내에서도 혈교도만을 엄선하여 데려왔다.

기왕 맡게 된 일이니 확실하게 처리하겠다는 계산에서였다.

평소 유설태나 살영들에게 무시당하곤 하던 무단걸이었으

나 판단력만큼은 결코 얕잡아 볼 수준이 아니었던 것이다.

물론 이는 철저하게 옳은 계산이었다. 다른 침입자가 상대였다면 말이다.

하지만 현월이 상대라면 얘기가 달랐다.

그리고 이번만큼은 그 훌륭한 판단이 거꾸로 독이 되어버렸다.

침입자의 실력을 오판한 결과였다.

'무단걸, 이 멍청하기 짝이 없는 놈!'

살영들은 애꿎은 무단걸을 속으로 욕했다. 자신들이 같은 입장이었더라도 그와 같이 판단했으리란 생각은 애써 무시한 채.

당사자인 무단걸의 목은 이미 오래전부터 바닥을 굴러다니고 있었다.

현월이 펼친 쇄파검류의 강기에 직격당해 목이 달아난 것이었다.

그 외 절명한 통천각 요원이 수십.

그나마 숨을 붙이고 있는 이들도 그저 약간의 시간을 벌었을 따름이었다.

'통천각은 전멸인가.'

심대한 타격이었다.

최소한 통천각 내에서는 혈교의 영향력이 완전히 소멸했

다고 봐도 좋았다.

　그리고 그것은 살영들 또한 마찬가지.

　그들 역시 지금의 상황에서는 생존을 장담할 수가 없었다.

　'하지만!'

　'목숨을 던져서라도 놈을 죽여야만 한다!'

　살영들의 눈빛이 한층 날카로워졌다.

　그 변화를 읽은 현월 또한 공격에 대비했다.

　'합진이라도 펼치려는 건가?'

10장

암후각성(暗后覺醒)

　중원은 드넓다.

　한 인간이 평생을 바치더라도 그 전부를 돌아볼 수 없을 만큼.

　그런 까닭에 동쪽 대지를 뒤흔드는 사건이 발생하더라도 서쪽에서는 낌새조차 느끼지 못하는 경우가 왕왕 존재했다.

　한술 더 떠 험한 오지의 경우엔 사람들이 현시대를 다스리는 황제가 누군지도 모르는 경우 또한 적지 않았다.

　발 없는 말이 천 리 간다는 말이 있긴 하나, 장장 수천 리에 걸쳐 있는 중원을 완전히 메우지는 못하는 것이었다.

그럼에도 강호의 한구석에서 발생한 사건이 반대편 구석에까지 전달될 수 있는 것은 전적으로 정보 집단들의 존재 덕분이라 할 수 있었다.

이러한 정보 집단들의 특징이라면 대체로 정과 사를 가리지 않는다는 점이었다.

비용을 지불하기만 한다면 누구라도 그들의 손님이 될 수 있었다. 반대로 비용을 지불하지 못한다면 성인군자가 오더라도 소금을 뿌리며 내쫓는다는 게 그들의 신조였다.

평소 그러한 정보 집단의 덕을 톡톡히 보는 것이 감숙성에 위치한 패도궁의 무인들이었다.

그러나 이번만큼은 결코 좋아할 수가 없었다.

무림맹으로부터 흘러나온 정보 하나가 그들의 심장을 도려내고 짓밟았던 까닭이다.

"이건 말도 안 되는 일이다!"

"궁주님은 무적이시다! 무적자가 패했을 리 없다! 죽었을 리 없다!"

"이는 무림맹 놈들의 간교한 계략임이 분명하다!"

"으아아아!"

패도궁의 무인들은 하늘을 우러러 통곡했다. 목청을 찢는 그들의 외침은 곧 열 배, 백 배로 확대되어 기련산 곳곳으로 메아리쳤다.

하지만 그럴수록 그들의 마음속에서는 믿고 싶지 않은 진실이 자꾸만 고개를 쳐들었다.

패도궁궁주 백진설이 죽었다는 진실이.

'우리는 뭘 어떻게 해야 하지?'

'궁주님이 존재하지 않는 혈교에 무엇을 바라야 한단 말인가?'

'패도궁은 끝났다. 그리고 혈교 또한⋯⋯.'

숨길 수 없는 패배감.

그것이 패도궁 무인들의 진심이었다.

본디 그들은 도저히 하나로 융합될 수 없는 자들이었다.

어떤 이들은 답이 없는 무뢰배였고, 어떤 이들은 무학의 길 하나만을 고집하는 외골수였다.

물과 기름 같은 그들을 한데 묶고 규합하던 것이 백진설이라는 존재였다.

그것은 백진설이 지닌 막대하다고밖에 표현하기 힘든 무위에 힘입어 가능한 일이었다.

그러나 이제 그는 없다.

본디 목적 없이 살아가던 그들에게 목적과 방향을 제시해 주었던 존재가 한순간에 연기처럼 사라져 버린 것이다.

목적을 잃은 폭력은 무질서하게 터져 버릴 수밖에 없다.

당장은 궁주를 잃은 슬픔이란 공통분모가 그들을 감싸고

있었으나 그게 오래가지 못하리란 것은 누가 봐도 자명했다.

방향 잃은 폭력은 가장 먼저 내부를 향해 몰려들 터, 사소한 시비가 그들의 분열을 재촉하리란 것은 불 보듯 뻔한 일이었다.

그렇기에 유설태는 다른 어느 곳보다도 먼저 감숙성 기련산을 찾은 것이었다.

"너는……!"

"유설태!"

가장 먼저 유설태를 발견한 패도궁 무인들이 시린 안광을 토했다.

그들의 외침을 들은 다른 무인들도 우르르 몰려나왔다.

서너 개에 불과하던 살기는 삽시간에 수십 개로 늘어났다.

기련산의 초목마저 그 살기에 잠식되어 거멓게 죽어버렸다.

그들에게 있어 유설태는 지천궁 궁주이기 이전에 무림맹 군사였다. 평소였다면 두 개 정체성의 우선순위가 반대였을 테지만 지금의 그들에겐 도저히 통용될 수 없는 얘기였다.

백진설과 심유화의 시체를 욕보이게끔 명령한 것이 유설태임을 알고 있었기 때문이다.

"지천궁주 유설태!"

"무슨 낯짝으로 여길 찾아왔더냐!"

패도궁 무인들은 핏발이 선 눈을 한 채로 포효했다. 혈교의 장로이자 지천궁의 궁주에 대한 외경심 따위는 조금도 찾아볼 수 없는 반응이었다.

그럼에도 불구하고 그들이 곧장 달려들지 않는 것은 최후의 보루처럼 남아 있는 상하 관계에 대한 관념 때문이었다.

유설태는 그다지 놀라지 않았다. 또한 분노하지도 않았다.

이미 예상했던 반응이었던 까닭이다.

도리어 그를 따라온 미우가 화들짝 놀라 몸을 바르르 떨었다.

"구, 군사님."

그녀는 겁먹은 눈으로 유설태를 바라봤다. 유설태는 더 이상 그녀에게 진실을 감출 수 없으리란 것을 깨달았다.

사실 그것을 감수하고 이곳에 온 것이기도 했다.

"놀랐느냐?"

"대, 대체 저들은 누구지요?"

"혈교의 마인들."

마인이란 단어에 미우가 흠칫 몸을 떨었다.

"무서워요, 군사님."

"두려우냐?"

"대체 왜 이곳으로 절 데려오신 건가요?"

"저들을 보거라."

빙긋 웃은 유설태가 패도궁 무인들을 가리켰다.

"두 눈에는 포악함과 추잡함만이 존재할 뿐 인간이라면 응당 지녀야 할 미덕 따위는 눈을 씻고 봐도 찾아볼 수가 없다. 너는 저들을, 아니, 저것들을 인간이라 부를 수 있겠느냐?"

"뭐라고?"

"대체 무슨 헛소리를 지껄이는 것이냐!"

유설태의 말에 패도궁 무인들이 발끈했다.

안 그래도 사람 복장을 뒤집어놓은 자가 홀연히 찾아와서는 자신들을 짐승이나 악귀, 쓰레기 따위에 비유하고 있다.

어지간히 비위가 좋은 사람이라도 참기 힘든 모욕일진대 머리끝까지 분노한 혈교도들이라면 말할 것도 없었다.

차르릉!

스릉!

패도궁 무인들이 각자의 병기를 뽑아 들었다.

강철들이 반사하는 시린 빛이 미우의 두 눈을 비추었다.

"구, 군사님!"

그녀는 잔뜩 겁먹어서는 유설태의 몸에 매달렸다.

어울리지 않는 일이었다.

화무백에 의해 체질 변화까지 겪은 데다 오랜 기간 무림맹의 각종 영약을 섭취해 그야말로 궁극의 신체를 지니게 된 것이 그녀였다.

게다가 암천비류공의 기본 공부까지 어느 정도 끝마친 뒤였던지라 그녀의 전투력은 어지간한 무인들과 비견할 바가 아니었다.

그 비교 대상이 패도궁 무인들이라 해서 달라질 것은 없었다.

개중 제법 강한 자라 할지라도 미우의 십초지적이 되지 못할 터였다.

'그것도 제대로 싸울 때의 얘기겠지만.'

아무리 잘 손질한 검이라 해도 휘두르지 않는 한은 두부 한 모 벨 수 없는 법이다. 설령 휘둘렀다 하더라도 칼날이 아닌 검면으로 베려든다면 어떤 것도 제대로 자를 수 없을 것이다.

미우가 바로 그러했다. 휘둘러지지 않는 명검. 검면으로 적을 겨냥하는 보도.

그 근본적인 문제점부터 해결해야 했다.

"저 짐승 같은 것들을 풀어놓으면 천하는 피와 불길로 점철될 것이다."

유설태는 미우의 귀에 대고 그렇게 속삭였다.

"네가 저들을 막아야 한다."

"불가능해요!"

미우는 대경실색했다.

"제가 어떻게 저 무서운 아저씨들을 막을 수 있겠어요?"

"너는 오랜 기간 내게서 무공을 습득해 왔지. 더불어 무림맹의 창고 안에 잠들어 있던 수많은 약재가 네 몸속으로 흡수되었다. 거기서 그치지 않고 다름 아닌 저 천겁마신 화무백에게서 기연을 얻기까지 했다. 체내에 집합된 무의 가능성을 따지자면 천하의 어느 누구도 너를 따르지 못할 것이다."

막대한 약재와 최강의 무공, 거기에 천하제일에 근접했던 강자로부터의 기연까지. 뭇 무림인들이라면 바라 마지않을 행운의 총합이었고 어느 누구라도 마땅히 기꺼워할 이야기였다.

그러나 미우는 그저 두려울 따름이었다. 성숙한 몸을 지녔다고는 하나 그 알맹이는 고작 열 살 남짓한 어린 소녀였기에.

더군다나 체계적으로 무공을 익힌 것도 아닌 일개 시종에 불과한 아이였다.

그런 소녀가 기연이 무엇인지 알고 무공이 무엇인지 알기나 할까?

그저 쳐 죽일 듯 살기를 뿜어대는 혈교도들을 두려움 가득한 눈으로 바라보며 울먹일 따름이었다.

"군사님, 군사님, 무서워요. 우리 돌아가요. 네? 무림맹으로 그만 돌아가요."

미우가 유설태의 바짓단을 붙잡고 칭얼거렸다.

유설태는 미묘한 미소를 머금은 눈으로 그녀를 내려다봤다.

일견 자애로워 보이는 미소였으나 사물의 본질을 꿰뚫을

줄 아는 안목을 지닌 이라면 능히 간파할 수 있을 터였다.

그 자애로움 뒤에 감춰져 있는 것이 광기임을.

"너는 착한 아이다."

유설태는 부드럽게 속삭였다.

"그렇기에 거대한 가능성을 내포한 것일 테지."

"네……?"

유설태는 미우를 떠밀었다.

그녀가 비틀거리는 걸음으로 다가가자 혈교도들이 한층 더 흥분했다.

알맹이야 어떻든 외관상 그녀는 적잖은 나이를 먹은 여성.

그것도 다름 아닌 유설태가 데려온 여자라면 패도궁 무인들로서는 자연히 경계할 수밖에 없는 것이었다.

유설태가 웃으며 말했다.

"놈들 모두를 쳐 죽여라. 그럼으로써 장래 다가올 무림의 후환을 제거하는 것이다."

"뭣이 어째!"

패도궁 무인들은 흥분했고…

"전 못 해요!"

미우는 울부짖었다.

그리고 유설태는 빙긋 미소를 지었다.

"못 하면 네가 죽을 뿐이란다."

"아아……!"

잔뜩 겁먹은 미우가 몸을 돌려 달아나려 했다.

그러나 한발 앞서 패도궁 무인 중 하나가 검초를 뿜어냈다.

파악!

"아아악!"

날카로운 검기가 허벅지를 때렸고 미우는 피를 흩뿌리며 쓰러졌다.

생각보다도 쉽게 거꾸러졌다.

'이 계집은 우리들보다 약하다.'

무인들을 억누르던 공포가 한순간에 사라졌다. 그 빈자리를 차지한 것은 잔인성이었다.

그녀를 내려다보는 무인들의 눈이 광기로 번들거렸다.

"이 계집을 죽인 다음엔 네놈 차례다, 유설태!"

"궁주님과 부궁주님의 원수를 갚겠다!"

패도궁 무인들이 미우를 중심으로 몰려들었다. 마치 날개가 찢겨 땅바닥에 추락한 매미를 향해 개미 떼가 몰려들 듯.

특이하게도 그들 중 어느 누구도 유설태를 직접 노리려 들지는 않았다.

이유는 간단했다. 유설태는 그들이 무턱대고 덤벼들기엔 너무 강한 반면 눈앞의 계집아이는 철저한 약자였다. 또한 유설태는 알 수 없는 이유로 그저 상황을 방조하고만 있었다.

게다가…

'제법 반반한 몸매란 말이지.'

은근하고도 추악한 음심이 무인들의 마음을 휘감고 있었다.

그야말로 인간이 맞닥뜨릴 수 있는 최악의 본성이 표출되는 중이었다.

"그 광기가 네 본질을 일깨울 것이다."

암천비류공은 어둠을 기반으로 한 무공.

이때의 어둠은 비단 실재하는 어둠만을 지칭하는 것이 아니었다.

인간이라면 누구나 내재하고 있는 마음속의 어둠.

예컨대 분노나 증오, 경멸과 질시 같은 감정들이 암천비류공의 근간을 이루는 것이었다.

암황이나 화무백 같은 초고수들이 이러한 굴레에서 벗어난 것은 깨달음을 얻어 인간의 감정마저 초월했기 때문일 뿐.

그들 또한 암천비류공의 기초는 어두운 감정을 통해 갈고 닦았음이 틀림없었다.

그것이 오랜 기간 암천비류공을 연구해 온 유설태가 내린 결론이었다.

'인간의 마음속에 자리 잡은 어둠에 직면했을 때, 비로소 그 힘을 제대로 다룰 수 있을 것이다.'

현월의 경우엔 복수심.

또한 그것을 지탱한 막대한 증오와 분노가 그 원동력이었다.

두 가지 악감정은 강렬한 연료가 되어 현월이란 존재 자체를 불살랐다.

그 결과 현월은 암제라 불리며 두려움의 대상으로 군림할 수 있었다.

물론 작금의 유설태는 그러한 사실을 기억하지 못했다. 그럼에도 불구하고 그는 자신의 가설에 확신을 가졌다.

"지금부터 확인하면 될 일이지."

미우가 직면한 감정은 바로 공포와 경멸.

상상은 때때로 현실보다도 강력하다. 패도궁 무인들이 그녀에게 채 다가가지 못했음에도 이미 미우의 머릿속은 앞으로 벌어질 미래에 대한 공포로 공황 상태에 접어든 뒤였다.

그녀는 어리지만 바보는 아니다.

비정상적으로 성장한 자신의 몸이 저들에게 어떻게 비칠지, 저들이 또한 어떻게 그녀를 다루려들지 추측하는 것은 어렵지 않았다.

죽음보다 더한 고통 뒤에 죽음이 찾아올 것이다.

그녀는 그렇게 되고 싶지 않았다.

그리고 그렇게 되지 않기 위해 무엇을 해야 하는지도 잘 알았다.

'모두 죽여 없애면 돼.'

마음속의 누군가가 부드럽게 속삭였다. 미우는 그것이 자기 자신의 목소리라는 것을 깨달았다.

그러면 되는 거야.

그녀는 고개를 끄덕였다. 완연한 어둠이 그녀의 몸을 감쌌다.

푸화아아악!

"끄아아아악!"

소름 끼치는 비명이 터져 나왔다. 한줄기 혈선이 허공에 수놓아졌다. 끊어진 팔뚝이 우쭐거리며 허공으로 치솟았다.

그 너머에서 괴물은 요염하게 웃었다.

파밧!

섬광이 번뜩였다. 두 줄기의 은선이 허공에 번뜩였다 싶은 순간, 네 명의 무인이 눈을 부둥켜 쥐고는 비명을 토했다.

"으아아악!"

"크아악!"

두 번 검을 휘둘러 네 사람의 눈을 갈라놓았다. 예전의 그녀였다면 차마 상상도 할 수 없었을 잔혹한 손속. 괴물은 거기서 그치지 않고 검의 궤적을 허공에 새겼다.

빠르고 정확한 검격.

파파파팟!

동시다발적으로 무인들의 머리가 치솟았다. 무시무시하다고밖에는 표현할 길이 없는 참격. 눈으로 좇는 것조차 버거울 정도다 보니 방비하거나 회피한다는 것은 생각하기도 어려웠다.

유설태는 전율했다.

"이 정도인가!"

모든 것을 획책한 그조차도 놀랄 지경이었다. 그 어떤 무의 천재가 대오각성을 이룬다 한들 이 정도는 아닐 터였다.

이것이야말로 막대한 투자와 여러 기연이 한데 얽힌 결과물이라 할 수 있었다.

현월의 경우와는 많은 면에서 다르기도 했다.

현월의 각성이 오랜 기간에 걸쳐 차근차근 이루어진 데 반해 미우의 각성은 그야말로 순간적이고 폭발적인 것이었다.

물론 그런 만큼 불안정한 면도 클 수밖에 없었다.

유설태는 물론 현월에 대해선 알지 못했다. 지금 이 자리에선 그와 현월을 암제로 길러낸 유설태는 별개의 존재라 봐도 좋았으니까.

그렇더라도 본능적으로나마 알고 있었다.

그녀가 또 한 명의 암천비류공 계승자, 암제와는 전적으로 다르다는 것을.

"그렇기에 더 좋은 것이겠지."

암제나 화무백은 마공 중의 마공인 암천비류공을 익혔음에도 자아를 온전히 유지했다.

그것은 그들의 무공 진전이 천천히 단계를 밟아가며 이루어졌기 때문이었다.

서두르지 않고 찬찬히 걸음을 내딛었다. 그렇기에 안정적으로 성취를 이루는 게 가능했다.

미우는 달랐다.

아마도 그녀의 본래 의식은 각성의 순간 소멸해 버렸을 터였다.

설령 일부분 남아 있더라도 필시 갈기갈기 찢겨져 너덜너덜한 상태일 것이 분명했다.

미우는 사라지고 그 자리엔 오직 암후(暗后)만이 남은 것이다.

유설태의 의지대로 행동하는 꼭두각시가.

차르르륵!

암후의 양 손아귀에서 날카로운 강기가 뿜어져 나왔다.

흑색의 강기 다발은 무인들의 몸통을 움켜쥐는가 싶더니 그대로 짜부라뜨렸다.

"크아아악!"

"커억!"

사방에서 비명과 함께 핏물이 터져 나왔다. 그 핏물이 암후가 뿜어내는 열기와 뒤섞여서는 진득한 피 안개로 화했다.

수십의 무인이 전멸하는 데엔 일각이 채 걸리지 않았다.

"처음치고는 나쁘지 않은 기록이군."

유설태는 만족스럽게 중얼거렸다.

주인을 잃은 패도궁의 무인들은 혈교의 내부를 향해 휘둘러지는 칼날이 될지도 몰랐다. 애먼 칼날에 상처 입는 것을 방지하려면 칼날을 휘두르지 못하게 만드는 수밖에 없었다.

방법은 크게 두 가지.

멈추거나, 꺾어버리거나.

유설태는 그중 후자를 택했다.

어차피 제어하기 힘든 무리라면 죽여 없애는 것이 낫다는 판단에서였다.

"그러나 너희의 죽음은 개죽음이 아니다. 너희들 하나하나의 목숨이 암후를 위한 자양분이 될 것이다."

그렇기에 유설태는 죽어간 패도궁 무인들에게 경탄마저 느끼는 것이었다.

참으로 감탄이 절로 나올 법한 악성(惡性)을 지닌 그들에게.

"……."

모든 무인의 숨통을 끊어놓은 암후가 움직임을 멈췄다.

약간의 숨결조차 흐트러지지 않은 그녀가 몽롱하기까지

한 눈으로 유설태를 바라봤다.

마치 부모를 바라보는 동물 같은 눈길.

이성이란 게 존재하지 않는 살인귀에 불과한 그녀가 유설태를 공격하지 않는 것은 아마도 본능 때문일 터였다. 결국 그녀를 움직이는 것은 더 이상 인간성이 아닌 것이었다.

그녀는 본능적으로 유설태가 자신의 어버이임을 알고 있는 것이었다.

짐승의 어미가 새끼를 먹이로써 살찌우는 것과 달리 유설태가 그녀에게 제공한 것은 철저한 악의와 어둠뿐.

그것이 둘 사이의 차이점이었다.

유설태가 암후에게 손을 내밀었다.

"그만 다음 장소로 떠나야겠구나."

"…네."

암후는 유설태의 손을 맞잡았다.

그리고 다음 순간 그들의 모습은 기련산에서 완전히 사라졌다.

11장

혈필(血筆)

　살아남은 살영들이 신형을 추슬렀다.

　정제된 살기가 그들로부터 흘러나와 현월을 서서히 압박
했다.

　살갗을 꿰뚫는 칼날이라기보다는 몸뚱이를 옥죄는 쇠사슬
같은 살기.

　합진을 전개할 때 발산되는 특유의 살기였다.

　과연 살영들은 일정한 간격을 벌린 채 현월을 서서히 압박
해 들어갔다.

　"……."

현월은 기수식을 취한 채 그들의 움직임을 예의 주시했다.

한순간…

살영들이 발산하는 살기가 하나의 형태, 하나의 지점으로 집중되었다.

서로 다른 기운들이 한데 얽혀 거대한 줄기를 만들어내는 광경은 일견 경이롭기까지 했다.

그들이 이 합진에 어느 정도의 심혈을 기울이고 있는지 가히 짐작할 만했다.

'하지만!'

현월이 노리고 있던 것은 바로 그 순간이었다. 여러 개의 살기가 한데 합쳐진 바로 다음 순간.

그리고 살영들이 막 연수합격을 펼치고자 하는 찰나.

가장 탄탄한 것 같으면서도 의외로 취약한 것이 바로 그 순간이었다. 공든 탑이 완공되기 직전의 미세한 시점 말이다.

현월은 그 찰나의 사각(死角)을 찔렀다.

파바밧!

현월이 쥐고 있던 연검에서 수 다발의 강기가 출수되었다.

각각의 강기는 각 살영들의 사각을 교묘하게 노리고 있었다.

"……!"

"큭!"

현월을 포위해 섬멸하려던 살영들은 한순간에 자신들이 궁지에 몰린 꼴이 되어버렸다.

"이런!"

"제기랄!"

공세를 고집하다간 팔다리 중 하나가 꿰이고 말 것이다.

살영들은 할 수 없이 공세를 포기하고는 회피하거나 방어에 집중했다.

현월은 그중 한 명에게로 짓쳐 들었다.

'끝낸다!'

더는 시간을 낭비할 수 없었다. 언제 지원 병력이 도착할지 알 수 없었다.

현월은 암천비류강기를 극성까지 끌어올렸다.

쿠구구구구.

어둠 위로 더 새카만 어둠의 영역이 생겨났다. 그 안에서 꿈틀대는 것은 인간의 형상을 한 마수였다.

마수가 아가리를 벌렸다.

이어지는 것은 단말마의 비명.

"컥……!"

어떻게 공격했는지, 어떤 수법에 당했는지는 아무도 확인하지 못했다.

오로지 공격을 펼친 현월과 공격에 직격당한 살영만이 진실을 알 테지만 그중 살영은 삽시간에 숨이 끊어지고 말았다.

나머지 한 사람인 현월은 그저 어둠 속에서 꿈틀거릴 따름이었다.

파앙!

흑색 질풍이 몰아쳤다. 칼날처럼 몰아치는 풍편(風便)에 살영들의 몸이 갈가리 찢겼다. 오감을 총동원해 그 움직임을 뒤쫓고 예측하려 해도 어둠이 현월의 존재 자체를 감추고 없앴다.

아직 목숨을 부지하고 있던 살영들은 뒤늦게 깨달았다.

자신들이 상대하고 있는 것이 단순한 무인이 아니라는 것을.

저 화무백이나 백진설과 같은 괴물.

인간이 감당할 수 있는 존재가 결코 아니었다.

"너는… 네놈은……!"

화악!

어둠이 살영들을 덮쳤다.

흑풍(黑風)이 휘몰아칠 때마다 살영들의 목숨이 하나씩 사그라졌다.

남은 것은 이제 셋.

"으, 으아아!"

이제 둘.

"죽고 싶지 않아!"

하나.

"끄아아악!"

아무도 없는 곳에는 이제 어둠만이 남았다.

＊　　　＊　　　＊

임수향은 위층의 계단 앞에 쪼그려 앉아 있었다.

두 눈을 꼭 감고 두 귀를 손바닥으로 한껏 틀어막았다.

그러나 간헐적으로 터져 나오는 비명과 고함 소리는 귀를 막았음에도 생생하게 들려왔다.

이윽고 그녀를 괴롭히던 소음이 완전히 사라졌다.

어둠과 고요 속에서 새로운 공포가 그녀를 찾아왔다. 마지막으로 사라진 비명 소리의 주인은 과연 누구일까? 통천각의 요원들? 그 외의 무림맹도들? 그게 아니면 현월?

삐걱거리는 소리가 들려왔다.

"……!"

누군가 계단을 올라오는 소리.

흠칫 놀라 눈을 뜬 임수향이 이번에는 두 손으로 입을 틀어막았다.

그러지 않고서는 지금 당장에라도 비명을 쏟아낼 것만 같았다.

머리 하나가 슬쩍 치솟았다.

"괜찮습니까?"

"꺄아아아악!"

새된 비명 소리에 현월은 눈살을 찌푸렸다.

뒤늦게 현월을 알아본 임수향이 두 손을 가슴에 얹고 헐떡였다.

현월은 그녀가 호흡을 가라앉힐 때까지 가만히 기다려 주었다.

비명을 질렀던 게 창피했던 듯 임수향이 얼굴을 붉혔다.

"죄, 죄송해요. 현 소협인 줄 몰랐어요."

"음공이라도 익힌 줄 알았다면 도와달라 할걸 그랬네요."

"네?"

"농담한 겁니다."

"아? 아, 그렇군요. 죄송해요, 정말로."

현월은 어깨를 으쓱였다.

"몸은 좀 어떻습니까? 걸을 수 있겠어요?"

"네? 아, 네, 물론이죠! 고생은 현 소협이 다 하고 저는 아무것도 한 게 없는걸요. 그냥 여기에 앉아 있었을 뿐이니……."

그러나 몸을 일으킨 임수향은 이내 휘청거리며 넘어졌다. 아무것도 한 게 없다고는 해도 내내 긴장한 상태로 쪼그려 앉아 있었으니 몸이 말을 듣지 않는 것이 당연했다.

현월은 그녀를 안아 들었다.

평소였다면 거부했을 터였지만 상황이 상황이다 보니 임수향도 얌전히 안겼다.

현월이 건조한 어조로 설명했다.

"창밖으로 나갈 겁니다. 파편이 튀더라도 몸에 닿을 일은 없을 테니 걱정하지 않아도 됩니다."

"창밖으로요? 일 층으로 나가는 게 아니라요?"

"지금 저 아래로 내려갔다간 별로 비위에 좋지 못한 광경을 보게 될 겁니다. 그래도 좋다면 어쩔 수 없지만."

"아."

임수향은 완전히 이해했다.

그러고 나니 새삼 자기 머리를 세게 한 대 치고 싶어졌다.

"계단으로 내려갈까요?"

"아뇨, 아니에요. 창으로 나가요."

창피한 마음에 임수향은 화제를 돌렸다.

"그런데 이럴 거라면 그냥 처음부터 창밖으로 달아났으면 되지 않았을까요?"

"그랬다간 추격이 따라붙었을 겁니다. 그때는 임 소저뿐 아니라 유 소저와 서 소저까지 보호해야 하죠. 보호할 대상이 늘어나는 만큼 상황도 악화됐을 겁니다."

"아, 정말 그랬겠네요."

임수향이 덜덜 떨리는 주먹을 들어 기어코 정수리를 쥐어 박았다.

현월은 의아한 눈으로 그녀가 하는 짓을 지켜봤다.

"뭐 하는 겁니까?"

"아하하, 그, 그냥요. 갑자기 제 머리를 한 대 쥐어박고 싶 어져서……."

"……?"

고개를 갸웃거리던 현월이 말을 돌렸다.

"어쨌든 이만 나가죠. 유 소저와 서 소저가 기다리고 있을 겁니다."

"아, 그래요."

현월은 임수향을 두 팔에 안은 채로 창을 부수고 나갔다.

와지끈!

나뭇조각들이 산산이 부서져 비산했지만 현월의 장담대로 그녀를 해치진 못했다.

"이게 호신강기라는 거군요?"

"비슷합니다."

현월은 바닥에 내려섰다. 여전히 밤의 어둠이 채 가시지 않 은 시각. 새벽 어스름이 조금씩 암흑을 몰아내고 있었다.

두 사람이 기다리고 있을 곳으로 걸어가니 땀으로 범벅이

된 유화란과 서아현이 수풀에서 튀어나왔다.

"수향아!"

"화란 언니!"

두 여인이 서로의 손을 맞잡고서 폴짝폴짝 뛰었다. 유화란
이 눈물까지 글썽이며 현월을 바라봤다.

"해냈군요, 현 소협! 정말 감사해요!"

현월은 어깨를 으쓱였다.

"그런데 왜 그렇게 땀에 젖었습니까?"

"아, 이거요?"

유화란이 멋쩍게 웃었다.

"혹시나 무림맹의 지원군이 올까 해서 함정을 만들고 있었
어요."

"함정 말입니까?"

"네, 그것도 특대형으로!"

서아현이 말을 받았다.

"이 근방에 어유통(魚油桶)을 잔뜩 매설해 놨어요. 불만 붙
이면 한꺼번에 폭발하도록."

"…그만 한 어유를 대체 어디서 구한 겁니까?"

"훔쳐 왔죠."

서아현이 당당히 가슴을 내밀어 보였다.

"근처의 식당 창고에서요."

"……."

"아, 계획을 떠올린 건 유화란 소저였어요."

현월은 기가 막히다는 눈으로 유화란을 돌아봤다. 그 시선에 유화란이 얼굴을 붉혔다.

"괘, 괜한 짓을 한 건가요?"

"아뇨, 좀 놀라긴 했지만."

"그래요?"

"어쨌든… 차라리 잘됐다 싶군요. 이 정도면 이목을 끌기에는 충분할 테니."

무림맹의 지원군은 나타나지 않았다.

그것은 애초에 무단걸이 혈교 병력들만을 끌고 왔기 때문이었다.

통천각 요원들이라면 모를까 살영의 경우엔 무림맹 측에 알려져 좋을 게 없는 이들이었던 것이다.

그리고 결과적으로는 그 판단이 현월을 도운 꼴이 되었다.

"근데 이목을 끌면 안 좋은 것 아니에요? 안 그래도 이 난리를 친 마당에……."

"그렇기에 이목을 끌 필요가 있는 겁니다."

"네?"

현월은 자신 있는 어조로 대답했다.

"나름대로 수를 써뒀습니다."

　　　　　*　　　　*　　　　*

　콰과과광!

　어유통들이 연쇄 폭발을 일으켰다. 통을 심어놓았던 바닥
이 파헤쳐지며 시커먼 흙무더기가 허공으로 비산했다.

　쿠오오오!

　폭발은 주변을 콩자반 뒤집듯 뒤흔들었는데, 그 굉음은 무
림맹 본부의 반대편 끄트머리에서도 들을 수 있을 정도였다.

　폭발이 제대로 이루어지는 것을 확인한 현월이 몸을 돌렸
다.

　"가죠."

　"아, 네."

　서아현과 유화란이 뒤를 따랐다. 임수향은 아예 현월의 등
에 업힌 채였다.

　세 사람은 전력으로 경공을 펼쳐 그 자리를 벗어났다. 현월
은 암천비류공의 공능 중 하나인 겹월음의 수법을 써서 나머
지 세 여인의 기척을 완전히 감추어주었다.

　어지간한 고수라 한들 그들의 움직임과 기척을 감지하지
는 못할 터였다.

　약간의 시간이 흐른 후…

뒤늦게 무림맹도들이 폭발 현장으로 몰려들었다.

이른 새벽이었던 만큼 피로한 기색이 한가득인 얼굴들이었다.

그러나 눈앞에 펼쳐진 참상 앞에선 그 피로조차 싹 쓸려가는 기분이었다.

"뭐, 뭐냐!"

"이게 어찌 된 일이지?"

맹도들은 당혹감 어린 눈으로 타오르는 대지를 바라봤다.

잔뜩 매설되어 있던 물고기 기름은 맹렬하진 않으나 진득하게 오랫동안 타올랐다.

폭발로 인해 워낙 사방팔방으로 기름이 튄 덕에 주변은 말 그대로 불바다였다.

"이, 일단 불부터 끄도록!"

"화재를 진압하라!"

"그런데 어떻게 끄지?"

"물 같은 걸 끼얹나?"

"흙을 끼얹어! 기름으로 타는 불은 물 뿌려서 진압하기 힘들다!"

맹도들이 허둥지둥 움직였다.

경험 많은 이들이 나머지를 독려했다.

이렇게 여차저차 불길을 제압했는데 그 뒤로 남은 것은 곳

곳이 파헤쳐진 흔적과 사방에 진득하게 묻어 있는 어유의 흔
적이었다.

그야말로 전쟁터가 따로 없는 모습.

그 뒤로 통천각이 비쳤다. 평소 고풍스러운 외관을 자랑하
는 그곳이었으나 이런 화재 직후다 보니 초라하기 그지없게
느껴졌다.

그리고…

"어?"

후각이 좋은 이들이 가장 먼저 반응했다.

"이게 무슨 냄새지?"

"냄새라니… 무슨 소리야?"

"잠깐, 나도 냄새가 나는 것 같다."

"매연 냄새 아냐?"

"그게 아냐! 이건 피 냄새다!"

맹도들은 다시금 당황했다. 하기야 이 정도 규모의 폭발이
일어났는데 다친 사람 하나 없으리란 것은 말이 안 됐다.

"화재에 불타 죽은 이들이 있나?"

그러나 그 역시 말이 되지 않았다. 불에 탄 희생자가 있었
다면 피 냄새가 아니라 매캐하게 탄 냄새를 피워야 정상이었
다.

그러나 지금 퍼져 나오는 냄새는 비릿하기 그지없는 혈향

이었다.

그 근원지가 어딘지는 생각할 것도 없었다.

"통천각으로!"

"내부를 확인하라!"

맹도들이 우르르 몰려갔다. 그리고 그들을 맞이한 것은 수십 구의 시체였다.

"큭!"

"우우욱!"

그야말로 처참하게 도륙당한 광경.

비위가 약한 맹도들이 속을 게워냈다.

비교적 간담이 좋은 이들조차 내부의 모습을 차마 똑바로 쳐다보질 못했다.

인간의 행적이라기보다는 차라리 짐승 한 마리가 날뛰었다는 게 현실성이 있을 듯했다.

곳곳에 흩뿌려져 있는 시체의 파편들은 베였다고 하기보다는 찢기거나 뜯겨졌다고 표현하는 게 나을 정도였다.

"크윽……."

"대체 어떤 놈들이 이런 짓을!"

맹도들은 욕지기를 애써 참으며 중얼거렸다. 그때 비명에 가까운 외침이 그들의 귓전을 때렸다.

"저, 저기!"

누군가가 가리키는 방향. 그곳을 본 맹도들은 모골이 송연해지는 느낌에 혀를 깨물 뻔했다.

"이, 이럴 수가!"

통천각의 벽 일부가 뜯겨져 나갔다. 그러나 중요한 것은 그게 아니라 그 아래쪽이었다.

뜯겨나간 벽으로부터 빛이 새어 들어왔다. 어느새 떠오른 햇살이 벽 아래편의 바닥을 비추었던 것이다.

그곳에 존재하는 것은 피로 작성된 거대한 혈필(血筆).

필시 희생자들의 피로 쓴 것임이 분명했다.

보는 이들의 시야를 붙드는 네 글자는… '혈마천세' 였다.

**12장**

두 가지 부탁

무림맹이 발칵 뒤집혔다.

이는 그 누구도 미처 예기치 못한 암습자의 존재로 인한 현상이었다.

하루아침에 통천각이 궤멸에 가까운 피해를 입었다. 삼 할에 달하는 요원들과 통천각주 무단걸이 처참하게 살해당한 것이다.

암습자들은 간악하게도 근방의 식당에서 갈취한 어유통들을 폭발시켜 주변을 엉망으로 만들어놓기까지 했다.

이에 수많은 이가 암습자들의 잔혹함에 치를 떨었다. 그러나 정녕 그들을 기겁하게 만든 것은 그 때문이 아니었다.

통천각 내에 남아 있던 피로 쓰여진 글씨.

**혈마천세!**

그것이 의미하는 바를 모를 무림인은 없었다. 무림인들에게 있어 그만큼 두려운 단어도 없었으니까.

사람들은 길거리와 어두운 골목, 객잔과 시장 등에서 조용히 쑥덕거렸다.

그들, 혈교가 돌아왔노라고.

＊　　　＊　　　＊

소문은 삽시간에 중원 전역을 휩쓸었다. 발 없는 말이 천리를 간다고 했던가?

혈교의 귀환 소식은 전서구라는 날개를 타고서 대륙의 구석구석까지 전달되었다.

그곳에는 물론 여남 또한 포함되어 있었다.

"혈교가 마침내 활동을 재개한 모양이다."

현무량은 아침부터 현월을 호출해서는 운을 떼었다. 현월은 내심 미소를 지었다.

'계획대로 되는군.'

되돌아온 이후 오랫동안 생각했었다. 과연 어떻게 하는 것이 가장 효과적인 방법일까.

물론 현월 자신의 손으로 혈교와 유설태 무리를 끝장내는 것이 궁극적인 목적이라 할 수 있었다.

하지만 그것이 꼭 홀로 싸우는 것만을 의미하진 않았다.

동원할 수 있는 모든 것을 다 동원한다.

그것이 무력이 됐든 계략이 됐든 개의치 않았다. 혈교를 무너뜨릴 수 있는 길이라면 무엇이든 할 수 있는 현월이었다.

"어느 정도 예상은 했었습니다."

"예상했었다고?"

"예."

현월은 나직이 고개를 끄덕였다.

현무량은 조금 의외라는 시선으로 현월을 가만히 바라봤다.

하지만 이내 의문을 거두었다.

이제는 현월에 대해 절대적인 신뢰를 지니게 된 그였던 까닭이다.

"네가 그렇다면 그런 것이겠지. 하면 우리 현검문이 어찌해야 할지에 대해서도 한번 얘기해 보겠느냐?"

"현검문은……."

현월은 잠시 침묵했다.

아버지가 묻고자 하는 것이 무엇인지 그는 잘 알았다. 의협심과 정의감의 화신이라 할 수 있는 현무량이 이런 상황 앞에 얌전히 자기 보신만 꾀한다는 것은 말도 안 됐다.

'하지만……'

현월의 솔직한 심정은 현검문이 이 일에 끼어들지 않는 것이었다.

'너무나 위험하다.'

혈교천세의 네 글자를 통천각에 남겨놓은 계략은 무림맹에 경각심을 심어주었다.

하지만 그 이상으로 무림맹 내부의 혈교도들을 자극하는 것이기도 했다.

이 소문이 유설태의 귀에 들어가는 것은 순식간일 것이다.

'그리고……'

모든 것이 누구의 짓인지 알아내는 것 또한 삽시간일 터였다.

그렇게 되면 가장 먼저 목표가 되는 것은 다름 아닌 현검문일 터였다.

한마디로 지금의 현검문은 얌전히 있어도 알아서 위험에 놓일 상황이란 뜻.

그런 만큼 무림맹을 돕고자 나서는 것은 그다지 좋은 판단이 아니었다. 쩍 벌어져 있는 범의 아가리 속으로 들어가는 꼴이었으니까.

"아버지, 이번만큼은 자중하셔야 한다고 봅니다."

현월의 대답에 현무량이 표정을 살짝 굳혔다.

"자중하라?"

"예."

현월은 고개를 끄덕였다.

"지금의 현검문은 외부의 적에게 눈을 돌릴 만큼 여유가 있지 않습니다."

"으음, 그 말은 곧……."

턱을 쓰다듬은 현무량이 말을 이었다.

"저들, 암월방을 뜻하는 것이로구나."

"그렇습니다."

현월은 내심 실소를 머금으면서도 심각한 표정으로 말을 이었다.

"아버지께서 무림맹을 돕고자 여남을 나서기라도 하신다면 저들 암월방과 암제는 삽시간에 이곳을 장악하려 들 것입니다."

"으음."

고심하는 표정이던 현무량이 이내 쓴웃음을 지었다.

"너는 거짓말하는 게 서툴단 말이지."

"예?"

현월은 흠칫했다.

설마 자신의 정체가 발각된 것일까?

"엄밀히 말해 저들이 두려워하는 것은 내가 아니라 바로 네가 아니더냐."

은근한 현무량의 말에 현월은 당황했다.

"그, 그렇지 않습니다."

"그렇게 겸손 떨 것 없단다. 네가 이 아비의 무위를 뛰어넘은 것은 새삼스러운 일도 아니니… 다만 아쉬운 것은 네 무공이 현검문에 기반을 둔 게 아니라는 것이로구나."

아버지가 문파의 문주라 하여 아들까지 해당 문파의 무공을 이을 필요는 없다.

더군다나 현무량에겐 현유린이라는 후계자가 이미 존재했다.

하지만 이제 와서는 아쉬움을 느끼는 모양.

하기야 그게 어쩔 수 없는 사람의 습성일 터였다. 남의 손에 들린 떡이 더 커 보일 수밖에 없는.

"아버지, 유린은 훌륭한 자질을 지녔습니다. 필시 저보다 훨씬 나은 문주가 될 수 있을 겁니다."

"음, 그 아이의 자질을 의심하는 것은 아니다. 그렇다기보다는……."

잠시 침묵하던 현무량이 작게 한숨을 뱉었다.

"그저 너와 조금이라도 더 빨리 마음을 열고 대화할 수 있었다면 좋았을 거란 생각이 드는구나."

"……."

"미안한 얘기지만 나는 한때 네게 실망했었다. 네가 무의 자질을 타고나지 못했다고 너를 미워하기까지 했었지. 바보 같은 짓이었다. 네 진정한 본질을 꿰뚫어 보지 못한 거지."

"아버지."

"게다가 설령 네가 정말 무에 대한 자질이 없다손 치더라도 그것만으로 너를 재단하고 애정을 주지 않는 것은 잘못된 일이었다."

현무량은 미안함 가득한 눈으로 현월을 응시했다.

"사람에겐 저마다 자신에게 맞는 자질이 존재하는 법이니까."

"……."

"지금이라도 사과하겠다면… 너는 받아주겠느냐?"

진중한 눈으로 아버지를 바라보던 현월이 돌연 미소를 지었다.

"그렇게 말씀해 주신 것만으로도 충분합니다. 그러니 사과하실 필요 없습니다."

"월아."

"대신 아버지께 두 가지만 부탁드리고 싶습니다. 들어주실 수 있겠습니까?"

"두 가지 부탁?"

현무량은 조금 의외라는 눈으로 현월을 바라봤다. 그의 기억대로라면 현월이 이런 식으로 부탁하는 것은 처음이었다.

하지만 곧이어 내뱉는 목소리엔 일말의 주저함도 존재하지 않았다.

"말해보거라."

"우선은……."

현월은 정중한 어조로 운을 떼었다.

"당분간은 여남의 외부 일에 심려치 않으셨으면 합니다. 지금 현검문이 해야 할 일은 주변을 지키는 것. 여남입니다."

"으음, 하긴 수신제가치국평천하(修身齊家治國平天下)라는 말도 있으니."

현무량은 고개를 끄덕였다.

"모든 사람은 그 능력에 맞는 일에 힘써야 하는 법이겠지. 알겠다."

"그리고 다른 하나의 부탁은……."

현월은 말을 이어가기에 앞서 조금 주저했다.

"무슨 이야기를 하려는 것인지는 모르겠지만 허심탄회하게 얘기하려무나. 나는 네가 무슨 부탁을 하든 들어줄 결심이

서 있다."

현무량이 자애로운 격려로 현월의 마음을 풀어주었다.

현월은 짤막히 말했다.

"그저 앞으로 무슨 일이 생기더라도 저를 믿어주셨으면 합니다. 그뿐입니다."

"음?"

현무량은 살짝 당황한 듯 눈을 깜빡거렸다.

"그게 뭐 어려울 게 있겠느냐? 아들을 믿지 못하는 아비가 세상에 어디 있을까? 너무 걱정할 것 없다."

현월은 그저 미소를 지을 따름이었다.


＊　　　＊　　　＊


암월방의 장원.

현월이 그곳을 방문했을 땐 이미 손님이 와 있던 차였다.

"오랜만이로구먼."

금왕이었다.

현월은 올 게 왔구나 싶었다.

"또 결투 건입니까?"

"아니, 당분간 암류방 일은 자중할 생각일세. 꽤나 이런저런 일들이 벌어졌던 까닭이지."

"……?"

현월의 표정을 본 금왕이 넌지시 물었다.

"자네는 혹 심자청에 대해 알고 있는가?"

"예?"

현월은 잠시 머릿속을 굴려보았다. 하지만 기억 속에는 딱히 존재하지 않는 이름이었다.

"그게 누굽니까?"

"허허, 자네도 천생 무림인이로군."

"예?"

"세속 정치에는 무지렁이나 다름없으니 말이야. 심자청은 현 제국의 승상일세."

"아."

현월은 짤막한 감탄사만을 뱉을 따름이었다. 관과 무림이 불가침이란 불문율을 떼어 놓고 보더라도 현월에게 있어 정치꾼이 누구인지 따위는 그다지 중요한 일이 아니었다.

"그가 된통 당해 버린 탓에 내 입장이 골치 아프게 되었지. 게다가 무림인들 간의 결투보다 재미있는 일이 연신 터지게 되니 자연히 암류방 일에도 소홀하게 되더란 말이지."

"……."

금왕의 눈매가 가늘어졌다.

"자네 짓이지?"

"뭐가 말입니까?"

"시치미 뗄 생각인가?"

탕!

금왕은 탁자 위에 전단 하나를 올려놓았다. 큼직한 백지 위에는 삐뚤빼뚤하게 작성된 네 글자만이 또렷하게 존재했다.

혈마천세

"이게 뭡니까?"

"무슨 뜻인지 모르지는 않을 텐데?"

"알고야 있습니다. 요새 이것 때문에 꽤나 시끌벅적하니까요."

"이 종이는 산중호걸들에게서 빼앗은 것일세."

"산중호걸이라니요?"

"녹림도들 말일세."

현월은 피식 웃었다. 흔히 산중호걸이라 함은 대호를 가리키는 표현이지만 무식해서 용감한 산적들 중엔 그것을 자기네 별호처럼 삼는 작자들도 더러 존재하는 게 사실이었다.

"무슨 말인지 알겠나? 시정잡배나 녹림도 나부랭이들조차 혈교도의 이름을 팔고 다닌단 말씀이지. 그만큼 자네가 남긴 네 글자의 파장은 컸네."

"무슨 말씀인지 잘 모르겠습니다만."

"계속 시치미를 뗄 생각인가?"

현월은 어깨를 으쓱였다.

"제가 그 범인이라 하더라도 그다지 상관없는 문제 아닙니까?"

"그건 자네의 행동임을 실토하는 말이겠지?"

"그렇다고 해두죠."

"어물쩍 넘어가려 하지 말게."

"예, 제가 맞습니다."

금왕 앞에서 계속 부정하는 것도 무의미한 일 같았다. 현월은 그냥 인정하는 투로 대꾸했다.

금왕은 미간을 찡그렸다.

"유설태가 돌아오고 나면 미쳐 날뛰겠군."

"그게 두려우신 건 아닐 텐데요."

"물론. 나는 아무것도 두렵지 않네. 이번 일로 인해 유설태가 길길이 날뛰게 된다면 그건 그것대로 괜찮은 일인지도 모르지."

금왕은 의자 등받이에 몸을 기댔다.

"온 강호가 전란의 불씨에 휘감기게 될 테니까."

"……"

"다만 나로서는 중립 고수가 원칙인지라 더 이상 암월방에

우호적일 수는 없을 듯하군."

"그건 좀 어폐가 있는 것 같은데요."

"자넨 맹 내의 혈교도들에게 심대한 타격을 주었네. 통천각으로 한정 짓는다면 아마 거의 모든 혈교도를 해치웠을 테지."

"그래 봐야 새 발의 피일 뿐입니다."

"통천각의 성격을 생각해 보면 꼭 그렇지만은 않네. 정보 취급의 중요성을 감안한다면 더더욱."

"그래서 하고 싶은 말씀이 뭡니까?"

금왕은 어깨를 으쓱였다.

"글쎄… 솔직히 말하자면 나도 잘 모르겠네. 자네나 암월방이 한층 커진 것 같으면서도 가만히 보자면 그런 것 같지 않기도 하고."

"……?"

"어쩌면 나도 방황하고 있는 건지도 모르겠군. 지난번의 그 일 이후로 말이야."

그 일이 무엇인지는 물어볼 것도 없었다. 필시 화무백과 백진설의 일전을 가리키는 것이겠지.

금왕이 허무함을 느끼는 것도 이해는 갔다.

초월자에 가까운 존재들의 피 말리는 대결을 눈앞에서 지켜봤으니 그 후로 다른 이들의 싸움박질이 눈에 찰 리가 없었다.

'하지만…….'

현월이 알 바는 아니었다. 그는 금왕의 재미를 위해 사는 것이 아니었기에.

"하실 말씀이 더 없다면 그만 대화를 끝마쳐도 되겠습니까?"

현월의 물음에 금왕 또한 물음으로 받아쳤다.

"내가 만약 다른 의도로 자넬 찾아온 거라면 어쩌겠는가?"

"그게 무슨 말씀입니까? 다른 의도라니요."

"내가 만약 누군가의 부탁을 받아 자네를 찾아온 거라면?"

"……?"

현월은 의아한 눈으로 금왕을 바라봤다.

마치 금왕 자신이 심부름꾼이라도 된 것인 양 말하고 있었다.

그것이 현월로서는 이상한 것이었다. 세상 그 어떤 자, 심지어는 황제 앞에서도 고개를 숙이지 않을 법한 사람이 금왕이었기에.

'부탁을 했다는 자가 그만큼 강대한 힘을 지니고 있어서?'

금왕이 만일 누군가에게 고개를 숙인다면 그것은 그자가 강력한 무력을 지녔기 때문이리라.

문자 그대로의 무력. 일신의 무공을 지닌 강자.

예컨대 저 천겁마신 화무백과 같은 자들.

'그에 준하는 자가 금왕에게 부탁을 했다?'

현월이 추측할 수 있는 바는 그 정도였다.

"대답해 보게. 자네는 어찌할 텐가?"

"일단은 부탁을 한 사람이 누군지 묻겠지요."

금왕은 쓴웃음을 지었다.

"그렇게 대답하리라 생각했네."

"어르신에게 부탁을 했다는 자가 누굽니까?"

"남궁월."

금왕의 목소리는 차분하지만 어딘지 모르게 경직되어 있었다.

"현 무림맹주일세."

**13장**

삼자회담

무림맹주, 검제, 천하제일인.

남궁월을 지칭하는 별호나 호칭은 대략 저 세 가지로 정의된다. 하나같이 정점을 의미하는 단어들뿐. 마치 세상이 그를 지존의 자리에 모셔두려고 안달이 나 있는 것만 같았다.

그렇기에 현월로서는 이해할 수 없는 것이었다.

그가 알던 남궁월은 결코 그런 존재가 아니었기에.

'대체 어디서부터 과거가 바뀌어 버린 걸까?'

과거로 되돌아온 이후, 현월이 기억하던 바와 일치하지 않는 현실은 이번이 처음이었다.

'내가 되돌아온 것이 어떤 간접적인 영향을 미친 것일까?'

그렇게 생각할 수도 있긴 했다. 하지만 너무 비약이 심한 것이 사실이었다. 아무리 현월의 회귀가 영향력을 발휘했다 하더라도 이건 좀 심하다 싶을 정도였던 까닭이다.

그리고…

"무림맹주가 저를 만나고 싶다고 했단 말입니까? 어르신더러?"

"그렇다네."

금왕의 표정엔 일말의 거짓도 섞여 있지 않았다.

"그는 자네를 지칭했네. 암제, 암월방의 방주, 바로 자네를 말이야."

"……."

현월은 입을 닫고 침묵했다.

가장 먼저 드는 감정은 역시 거부감이었다. 굳이 남궁월을 만나야 할 이유가 있을까 싶어서였다.

"그가 저를 만나고자 하는 것은 역시 이번 통천각 습격 건 때문입니까?"

"그렇지는 않네. 부탁 자체는 이번 일이 벌어지기 전에 받았으니. 하지만 지금으로썬 아주 관계가 없다고 보기도 어렵 겠지."

"만약 거부한다면 어떻게 되는 겁니까?"

"낸들 알겠는가? 모든 것은 무림맹주의 머릿속에 있을 따름일세."

금왕은 정색한 채 말을 이었다.

"나로서도 그의 생각을 읽는 것은 불가능하네. 그가 자네에게 호의를 가지고 있는지 적의를 가지고 있는지조차 불분명해."

"……."

잠시 생각하던 현월이 재차 물었다.

"다른 얘기는 없었습니까?"

금왕은 고개를 가로저었다.

"기다리겠다. 맹주가 남긴 말은 오직 그것뿐이었네."

날짜도 없으며 장소도 없다. 그저 기다리겠다는 한마디뿐.

그 때문일까? 현월은 한층 머릿속이 복잡해지는 기분이었다.

'하지만…….'

최소한 그의 정체 정도는 확인해 봐야 한다는 생각이 들었다. 그가 정녕 현월이 알고 있는 남궁월과 동일 인물인지를.

함정일 가능성도 물론 있다.

그러나 지레 겁을 먹고 전전긍긍하고 있다고 해서 돌파구가 생기는 것은 아니다.

"맹주를 찾아가 봐야겠군요."

십만대산.

혈교의 역사를 통틀어서도 가장 이질적인 광경 중 하나라 할 만한 장관이 펼쳐지고 있었다.

물과 기름 사이인 철혈염라 철극심과 지천궁주 유설태가 대면하고 있었던 것이다.

그 외의 참석자는 만박서생 유숭, 그리고 유설태의 뒤에 서 있는 암후 미우뿐이었다.

"흥."

철극심이 코웃음을 치며 대화의 물꼬를 틀었다.

"그 계집아이가 암천비류공의 적합자란 말인가?"

"그렇다네. 일단은 암후라 칭하기로 했지."

유설태의 능청스러운 대답에 철극심은 철판 같은 미간을 찌푸렸다.

"이제 갓 무공을 깨친 햇병아리 따위에게 암후란 호칭이 가당키나 하단 말인가?"

"암후로서 각성한 이 아이의 전력은 괄목할 만한 것일세."

"그렇다 해도 저 화무백이나 백진설에 미칠 수준은 결코 아닐 테지."

유설태는 작게 한숨을 쉬었다.

"지금 확실히 말해두네만 그들의 죽음은 내 실책이 아닐세. 그 누구도 말리지 못할 고수 두 사람이 고집을 피운 결과일 뿐."

"그건 지천궁주의 말씀이 옳습니다."

유숭이 끼어들었다.

철극심은 마뜩지 않은 듯 인상을 찌푸렸지만 더 따지려들지는 않았다.

"거기까진 그렇다고 치지. 하지만 그 이후의 대처는 뭐란 말인가?"

유설태는 직접 명령을 내려 백진설과 심유화, 두 남녀의 시신을 훼손하게 했다.

이는 응징의 의미가 있는 것이었고 무림맹으로서 능히 내리고도 남을 만한 조치이긴 했다.

하지만 혈교도의 입장에서는 속이 뒤틀릴 일인 것 또한 사실이었다.

이번만큼은 유설태도 변명할 말이 없었다.

"어쩔 수 없었네."

"굳이 그렇게까지 할 필요는 없었네."

"맹 내부의 분위기가 심상치 않았네. 의심을 없애기 위해선 최선의 수였어."

"납득할 수 없네."

유설태도 더 참지는 않았다.

"납득할 수 없다면 하지 말게. 누가 자네한테 훈계나 들으러 여기까지 온 줄 아나?"

"흥."

철극심은 팔짱을 낀 채로 고개를 늘어뜨렸다.

"그럼 뭐 하러 온 거지?"

"패도궁이 궤멸당하고 우리의 대계가 흔들리게 된 이상 특단의 조치가 필요하네."

"우리라고 하지 말게. 이 계획은 어디까지나 자네의 것이었어."

"혈교천세의 기치는 우리 모두의 공통된 사명이 아니었던가?"

"그랬지. 하지만 난 처음부터 이 계획에 반대했었음을 잊지 말게."

철극심은 바위 같은 어조로 말을 이었다.

"저 정파 무림의 위선자들 따위, 우리의 진군 앞에 아지랑이처럼 흩어질 잡졸들에 불과하네."

"…그럴 테지."

유설태는 한숨을 토하며 말했다.

"솔직하게 말함세. 나의 계획은 실패했네."

"…지천궁주?"

만박서생 유숭이 놀란 눈으로 유설태를 바라봤다. 철극심
또한 의외라는 듯 눈자위를 꿈틀댔다.

"암제."

나직이 흘러나오는 유설태의 목소리는 얼음장 같았다.

"놈이 모든 것을 망쳤네."

"……."

"나는 지금까지 완벽한 계획만을 꿈꿔왔네. 우리들 혈교도
의 피해를 최소한으로 줄이는 한편 부수적인 피해를 남길 것
없이 무림맹 하나만을 깔끔하게 제거하려던 게 나의 계획이
었네."

흔히들 정을 선이라 부르고 사를 악이라 일컫는다. 그러나
정작 흑도와 사파의 영역에 속한 이들이 보기엔 그저 기가 찰
따름이었다.

그들 또한 사람이었다.

감정을 지녔으며 양심과 도덕심을 지닌, 길가에 굴러다니
는 평범한 이들과 다를 바 없는.

그들은 단지 백도인들보다 조금 더 솔직하고 조금 덜 가식
적일 따름이었다.

"전면전을 펼치면 오로지 피와 살육만이 있을 뿐이야. 강
호 무림뿐 아니라 그 외부에까지 여파가 미치게 될 테지. 무

림과는 무관한 선량하고 무고한 사람들이 죽음을 맞게 될 테고."

"……."

"지금까진 그것을 저어해 왔네. 그래서 무림맹에 침투해 내부에서부터 자멸을 일으킬 생각이었지."

그렇게 되면 무림맹은 멸망하고 백도 무림은 심대한 타격을 입으리라.

하지만 역설적이게도 그것이 가장 적은 피를 흘리는 길이었다.

"이제는 아니네!"

유설태의 두 눈에 귀기가 어렸다.

"이제 남은 것은 자네들이 그렇게나 바라던 전쟁뿐이네. 나는 오늘부로 대계를 폐기하겠네!"

"……!"

철극심과 유숭은 심장이 덜컥 내려앉을 정도로 놀랐다.

저 유설태가, 냉정하면서도 혈교도답지 않게 사려 깊은 저 사내가 화산처럼 분노하고 있었다.

전쟁!

그들이 항상 바라 마지않던 상황이었으나 어딘지 모르게 불안감이 드는 것은 어쩔 수 없었다.

"잠시 진정하십시오, 지천궁주."

만박서생 유승이 유설태를 진정시켰다.

"아직 우리들은 중심이 될 자를 선출하지도 못했습니다. 그런데 덜컥 개전부터 하겠다는 것은 너무 성급한 판단이 아닙니까?"

"이미 십여 년이나 늦추어졌던 전쟁일세. 지금 당장 시작하더라도 늦은 것은 아니야."

"시기는 그렇다고 치지요. 하면 중심은 어찌하시겠습니까? 누군가는 교주가 되어 교도들을 이끌어야 합니다. 지휘관 없는 군대는 도적 떼와 다를 게 없음을 아시잖습니까?"

혈교도의 전쟁이라 하여 사방팔방 중구난방으로 날뛰어대며 약탈을 일삼는 것은 아니다.

그들은 어디까지나 무림인.

그들의 목표 또한 백도 무림에 속한 이들로만 한정되었다.

유설태는 굳은 얼굴로 말했다.

"자네들이 알아서 정하게. 누가 교주가 되든 간에 나는 군말 없이 따르겠네."

"멍청한 소리를 하는군."

철극심이 쏘아붙였다.

"아무나 교주로 추대할 수는 없는 법이야. 혈마의 자리는 그만 한 자격이 있는 자에게 돌아가야 하네."

"그럴 테지. 그러니 추천해 보게, 철혈염라."

"뭐?"

"나와 자네, 그리고 유숭이 한 명씩 추천하면 되겠군. 그런 후에 논의해 보세."

"자네가 하루 빨리 전쟁을 일으키고 싶어 아무나 추천하려 들지 어찌 안단 말인가?"

"그러니 논의하자는 것 아닌가?"

차갑게 대꾸한 유설태가 이어 말했다.

"난 검제 남궁월을 추천하네."

"……!"

유숭이 두 눈을 부릅떴다. 철극심의 반응은 좀 더 극적이었다.

"미쳤군!"

"내 말을 더 들어보게."

유설태는 남궁월의 정체에 대한 이야기를 풀어놓았다. 처음엔 반신반의하던 이들도 그가 암제의 정체를 귀띔해 주었음을 알고는 표정을 굳혔다.

"그 또한… 우리와 같은 편이란 말인가?"

"아직까진 모르네. 하지만 그가 천하제일인이라는 점은 확실하지. 그렇기에 추천하는 것일세."

"확실히… 추천받을 자격은 있어 보이는군요."

무림인의 서열은 어디까지나 힘 자체에 기초한다. 특히나 혈교는 그러한 무력 숭배 사상이 지극히 강한 집단이었다.

도저히 답이 없는 미치광이가 아닌 바에야 힘만 지녔다면 어느 누구라도 교주 자리를 노릴 자격이 있는 것이다.

"자네들도 추천하게."

철극심과 유숭은 움찔했다. 어느 순간부터 그들은 유설태가 발하는 광적이기까지 한 열기에 떠밀리는 듯한 기분이었다.

"좋네."

철극심은 될 대로 되라는 심정으로 말을 뱉었다.

"난 소천호를 추천하겠네."

**14장**

초원의 전사

정오.

지평선까지 푸르른 대평원 앞에 한 사내가 서 있었다.

군데군데 비늘이 깨어진 낡은 찰갑을 걸치고 손에는 창대
에 천을 둘둘 감아놓은 긴 장창을 쥔 사내. 투구로 그늘진 눈
가에는 지친 빛이 가득했다.

한눈에 보아도 노병(老兵)처럼 보였다.

늙고 나약하다는 의미가 아닌 노련하다는 의미의 노병.

사내는 무언가를 느끼기라도 한 듯 허리에 둘렀던 활대를
꺼냈다.

그리고 활시위를 얹고 화살을 재워 시위를 있는 힘껏 당겼다.

한껏 팽팽해진 활.

"후우……."

사내가 탄식하는 것을 뒤쫓기라도 하듯 긴 그의 등 뒤에서 불어온 센 바람이 초원을 내달렸다.

그 순간, 사내는 시위를 놓았다.

피잉!

꿩 깃 달린 화살은 바람을 받아 더욱 멀리 날아갔다.

눈에 보이지 않을 정도로.

하지만 사내는 그 화살이 제대로 날아갔음을 확신했다.

그가 노렸던 곳에 정확히 도착했음을.

하지만 변화무쌍한 것이 또한 초원의 바람.

이번에는 사내를 향해 맞바람이 불어왔다.

피잉!

사내를 향해 날아오는 화살.

수리 깃이 달린 붉은 촉 화살이다.

"흡!"

사내는 몸을 슬쩍 돌리며 화살을 그대로 잡아챘다.

사내가 화살을 쏜 보답으로 상대방이 사내에게 화살을 날린 것이다.

그가 단 한 번도 본 적 없는 적.

지평선 너머에 있을 바로 그 사람이.

"솜씨는 여전하군."

사내는 피식 웃었다.

벌써 몇 년을 마주한 화살이다.

처음에는 두려웠고 그 다음엔 밉살스러웠지만 이제는 익숙하다 못해 반갑기까지 했다.

물론 대처가 늦어 화살촉을 몸에 맞을 때는 전혀 반갑지 않았지만.

"……."

잠시 눈을 감고 바람의 움직임을 살폈지만 바람이 강해질 기색은 보이지 않았다.

바람은 결코 공평하지 않다.

그의 등 뒤에서 불어오는 바람은 그의 화살에 힘을 실어준다. 그러나 반대로 그의 냄새를 저 멀리까지 전하곤 했다.

맞히기 쉽지만 위치가 드러난다.

또한 정확히 그 반대의 의미로 그를 향해 불어오는 맞바람은 적의 화살에 힘을 실어주지만 적의 냄새며 기척까지 전해주곤 했다.

공격에 유리하면 방어에 불리.

방어에 유리하면 공격에 불리.

어느 쪽이든 장단점이 있었다.

물론 사내나 상대방만큼 숙련되고 우수한 궁사일 경우에 한해서.

"바람은 더 없겠군."

오늘은 이걸로 끝이었다.

사내는 천천히 활시위를 풀고 등을 돌렸다.

그의 등 뒤에는 몽골식 천막, 게르가 위치해 있었다.

몽골족의 소유였으되 이제는 사내가 탈취한 곳이다.

"후……."

사내는 갑옷과 투구를 벗고 신발까지 벗었다.

투구 밑 얼굴은 낡고 남루한 갑주와는 달리 꽤나 젊은 모습이었다.

많이 봐줘야 서른?

젊기도 젊거니와 군인이라고는 믿기 힘들 정도로 곱상하고 훤칠한 외모였다.

물론 그 곱상함과 훤칠함은 햇볕에 그을린 얼굴과 덥수룩하게 자란 수염 속을 뒤져야 나오겠지만.

"오늘은 잠 좀 잘 수 있으려나."

그는 침상에 몸을 눕혔다.

그러나 그것도 잠시.

저 멀리서 바스락 하고 풀 밟히는 소리가 들렸다.

"아, 또야?"

사내는 잠시 미간을 찌푸렸다.

그는 침상에 누운 채로 베개 밑에 손을 찔러 넣었다.

끼익…

게르의 문이 열리는 것과 동시에 사내는 베개에 찔러 둔 손을 뽑았다.

그의 손에는 어느새 손가락만 한 투척용 비수가 들려 있었다.

금세라도 상대방의 눈알이나 심장을 맞출 기세였다.

"사신이면 두 손을 들고 그 자리에 꿇어라. 셋 셀 때까지 그리하지 않으면 곧바로 공격하겠다."

사내가 몽골어로 경고하자 게르의 문 뒤에서 조심스러운 목소리가 들려왔다.

"대장, 소천호 대장, 저예요, 혜란. 그거 던지지 마세요."

"어? 혜란이, 너냐?"

사내, 소천호는 놀란 표정을 지었다.

그는 비수를 다시 베개 밑에 넣어 두고 한어로 말했다.

"들어와."

그곳에는 전령의 가벼운 차림을 한 여자가 서 있었다.

날렵한 몸매를 가진, 심약한 인상의 미녀였다.

하지만 겉보기에 유약해 보인다는 이유로 그녀에게 덤볐

던 자들은 모두 큰코를 다치곤 했다.

그녀는 무림 명문 구파일방의 하나.

아미파 출신의 여검수이기도 했기 때문이다.

"이게 몇 년 만이야?"

"삼 년 됐죠? 이 주변 뺏기기 전 얘기니까."

소천호는 반가운 표정을 지었다.

"가만있어 봐. 네가 여기에 있다는 것은……."

"예, 대장. 이제 안전해요."

"아이고, 이제야 좀 살겠네."

긴장이 풀린 소천호는 그대로 침상에 풀썩 드러누웠다.

그러자 혜란은 사박사박 걸어와 침상에 엉덩이를 걸치고
앉았다.

"괜찮아요?"

"다친 데는 없다. 잠이 부족해서 그렇지."

혜란은 느긋하게 두 다리를 뻗는 사내를 보며 존경심과 경
외심이 담긴 눈빛을 보냈다.

'어떻게 여기서 몇 년째 버틸 수가 있담?'

이 게르가 위치한 지역은 적군과 아군 사이에 위치한 곳.
이를테면 육지의 섬이라 할 수 있었다.

소천호는 이 게르에 머물면서 철저히 이 지역을 사수했다.

전황이 유리할 때는 최전방일 때도 있지만 대부분의 경우

에는 적지 한가운데일 때가 더 많은 이곳.

소천호는 이곳에서 한 발짝도 움직이지 않은 채 철저히 사수했다.

그렇다고 해서 빈 게르에 숨어 놀고 있던 것도 아니다.

이곳은 보급로를 잇기 위한 주요 요충지였고 당연히 몽골 측에서도 이 게르와 이 근방의 통행로를 빼앗기 위해 필사적으로 쳐들어오곤 했다.

이 자리에서 죽인 적병만 족히 수백.

하나하나가 강인한 전사인 몽골 기병이라는 것을 생각해 보면 중원의 천인대에 필적하는 공적이었다.

"그러고 보니… 그 사람은 어떻게 됐어요?"

"누구? 수리 깃?"

"예."

"아직 살아 있어. 좀 전에도 한 발씩 교환하고 왔지."

"와, 진짜 대단한 놈인가 보네요. 대장한테서 삼 년 넘게 버티고."

"괜찮은 녀석이지."

소천호는 느긋한 표정으로 물었다.

"그래서 오늘은 무슨 일이야? 보급품?"

"그건 아닌데… 구체적으로 무슨 보급품이 필요하신 건데요?"

"뻔하지. 술이랑 즐길거리."

"즐길거리라면 여기에 있잖아요."

혜란은 누워 있는 소천호의 옷 앞섶 안에 손을 천천히 밀어 넣었다.

의도가 뻔히 보이는 은근한 손길. 그러나 소천호는 혜란의 손등을 찰싹 때리며 말했다.

"작작 해라. 졸리니까."

"…치사하게."

그녀의 모습을 보며 소천호는 한숨을 내쉬었다.

"처음 봤을 때만 해도 아미파의 순진한 여협이었는데."

"그러는 대장도 처음 봤을 때는 지금 같은 아저씨가 아니었는데요."

그녀는 장난스러운 미소를 지으며 단검을 꺼냈다. 그리고 칼날에 소천호의 모습을 비춰주었다.

"귀여운 귀공자는 저 아저씨가 잡아먹은 게 분명해."

그리고 수염이 덥수룩하게 난, 지저분한 얼굴이 되어버렸다.

그 사실을 자각한 소천호는 한숨을 내쉬었다.

"됐고. 용건만 말해. 나 한숨 자게."

"그래요? 그럼 간단히 얘기할게요."

"그래."

"귀환령이 왔어요."

"그래, 알았으니 나가. 잠 좀 자… 뭐?"

소천호는 졸음이 싹 달아나는 것을 느꼈다.

그는 자리에서 벌떡 일어나 혜란의 어깨를 잡았다.

"뭐라고 했어?"

"귀환령이 왔다고요."

"농담이면 볼기짝 때릴 거다."

"무엇으로요? 손바닥? 아니면……."

"말채찍으로."

"쳇."

혜란은 투덜거리면서도 행랑에 들어 있던 서신을 꺼내어 내밀었다.

"진짜예요."

"어디 보자."

소천호는 서신을 받아 읽었다.


패도궁주가 사망했다. 속히 돌아오라.

철극심.


"…짐 싸야겠네."

옛 패도궁의 궁주 후보자, 소천호는 나직한 어조로 그렇게 중얼거렸다.

*       *       *

북방의 유목 민족은 언제나 중원의 골칫거리였다. 강맹한 전력을 지닌 기마 궁수들은 수십 차례나 중원의 변방을 침략했었고 그럴 때마다 제국은 번번이 망신살을 뻗고는 했다.

노기가 머리끝까지 치오른 황실에서는 갖가지 방법을 총동원해 유목 민족들에 맞서려 했다.

그중 하나가 바로 무림인 징집령이었다.

관과 무림은 불가침이라는 방침을 깬 전국적인 징집령이었다.

하나 말이 좋아 징집령이지 그 실상은 용병 모집과 다르지 않았다.

그렇게 제국은 무림인들을 모병해 변방으로 보냈다.

어떤 이들은 의협심의 발로로, 어떤 이들은 호승심에 의해 변방으로 향했다.

돈을 바라는 이들도 있었고 그저 살인 자체를 즐기는 자들도 있었다.

소천호는 굳이 말하자면 도망자였다.

당시 그는 백진설과 더불어 패도궁의 궁주직을 잇게 될 후보 중 하나였다.

두 사람은 꽤나 어울리는 쌍웅이었다. 용호에 비견하는 이들도 부지기수였으며 장차 혈교의 미래를 이끌어갈 원석들이란 평가가 자자했다.

하지만 그것은 곧 하나의 하늘에 두 개의 태양이 존재한다는 것과도 같은 것.

충돌은 필연적이었다.

소천호는 그 상황 자체에 염증을 느꼈다. 게다가 그들의 곁에는 두 사람이 동시에 취하지 못할 한 떨기 꽃까지 놓여 있었다.

'유화.'

그녀가 어느 쪽을 사모하는지 모를 소천호가 아니었다.

기실 그에게 있어 혈교의 미래보다도 중요한 것은 그녀였다.

그래서 이곳, 머나먼 초원까지 도망쳐 버렸다. 도저히 두 사람을 바라볼 수가 없었기에.

*       *       *

"그게 문제였지."

소천호는 한숨을 푹 내쉬었다.

"뭐가요?"

자리에서 일어나 짐을 꾸리는 그의 등 뒤에, 혜란은 침상에 누워 뒹굴 거리고 있었다.

"혼잣말이야. 그건 그렇고, 넌 본진으로 안 돌아가?"

"돌아가려면 말 타고 두 시진인데요? 어지간하면 밤길 달리긴 싫어서 그래요."

하기야 곧 해가 지긴 할 터였다.

맞는 말이긴 했다. 핑계라는 것이 한눈에 보이긴 했지만.

소천호는 한숨을 내쉬었다.

"밥은 네가 해라."

"넵, 대장!"

혜란은 게르 중앙의 모닥불에 솥을 걸었다.

그리고 비계를 익혀 기름을 낸 다음 쌀과 채소들을 볶기 시작했다.

짐을 꾸리던 소천호는 그녀 쪽을 힐끗 보며 말했다.

"요리 솜씨 많이 늘었네."

"별 수 있어요? 생쌀 씹을 수는 없잖아요."

혜란과 소천호 모두 쓴웃음을 지었다.

처음 그들이 이곳에 배치되었을 때만 해도 둘 다 무림의 귀 공자 귀공녀였다.

남이 해준 밥을 먹고 무공 말고는 아무것도 모르는 무림인들.

그러나 점점 변해간 것이다.

지급된 군량미를 날로 씹어 먹으니 솥을 걸고 밥을 짓는 법을 익혀야 했다.

은자를 준다고 점소이가 해주진 않으니까.

지저분한 침상을 보고 질겁하던 것도 처음 몇 주뿐.

잘 수 있는 시간이 되면 흙바닥에 드러누워 자곤 했다.

침상이 없다고 잠을 안 잘 수는 없으니까.

"대장은 제대하면 뭐부터 할 거예요?"

"씻는 거."

그리고 가장 놀라운 변화가 바로 씻는 것.

초원에 물이 없는 건 아니지만 목욕을 하기에는 물이 부족했다.

그리고 사실 맘 편히 목욕할 시간이 흔한 것도 아니었고.

처음에는 어떻게 씻지도 않고 지낼 수 있냐며 깔끔을 떨었지만 그것도 한 때.

소천호는 목욕을 하지 않은 것이 벌써 오 년째였다.

열흘 마실 물을 버려가며 목욕을 할 수는 없기 때문이었다.

물론 후방에 위치한 혜란은 그래도 열흘에 한 번씩 정도는 씻는 모양이었지만…

그래도 옛날 생각하면 놀랄 정도로 지저분한 것이리라.

이상했다.

그런데도 마음은 도리어 홀가분했으니까.

'무림이란 굴레로부터 떨어져 나왔기 때문이겠지.'

전장에서는 정파도 사파도 없었다. 백도와 흑도의 차이 따위는 존재하지 않았고 그저 모두가 동지이고 아군일 따름이었다.

당장 혜란만 해도 아미파 출신이었고 소천호 또한 혈교도임을 구태여 숨기지 않았다.

그리고 그것에 대해 시비를 거는 것은 갓 전장에 끌려온 햇병아리들뿐이었다.

이런 곳에서 수년을 썩고 나서야 깨달은 게 있었다.

'부질없다. 무림도, 그 안의 아귀다툼도.'

변방의 땅덩이를 두고 다투는 중원과 몽골. 결국 백도 무림과 흑도 무림의 다툼이란 것도 더 거대한 다툼 앞에서는 한없이 작아질 따름이었다.

'그렇겠지, 역시?'

소천호는 생각을 지우고 짐짓 쾌활한 어조로 말했다.

"사부님이 내 몸 냄새 맡으면 기절을 하실 거야, 아마도."

"그 철혈염라라는 분 말씀이죠?"

"응."

"히, 아마 우리 사부님도 기절할걸요."

고소한 냄새가 나기 시작했다.

밥이 다 된 것이었다.

소천호는 몸을 돌려 솥 앞에 앉았다.

"술 있어요?"

"침상 밑에 마유주 주머니 있을 거야."

양고기를 두툼하게 썰어 넣은 볶음밥.

양고기는 누린내가 난다고 마다하던 시절이 엊그제 같은데 이제는 양고기 냄새를 맡으면 마유주 생각부터 났다.

고향의 백주(白酒)와 분주(汾酒)는 냄새조차 못 맡는 반면 마유주는 흔히 구할 수 있기 때문이었다. 바로 그가 죽인 몽골 전사들의 시체에서.

시큼한 마유주로 입을 헹구고 볶음밥으로 배를 채운다.

둘 다 즐거움이었지만 습격당할 걱정 없이 지낼 수 있다는 점은 행복이었다.

"대장."

"응?"

"고향에 돌아가면… 뭐 할 거예요?"

"고향이라."

소천호의 눈빛이 문득 아득해졌다.

십만대산. 소천호의 고향이라 할 수 있는 곳은 역시 그곳뿐일 터였다.

사실 왜 돌아가느냐는 물음엔 답할 말이 궁색했다. 사부의 귀환령이 내려왔기 때문이라기엔 이미 사제 관계 자체가 너무나 퇴색했다. 패도궁주의 자리를 박차고 달아난 시점에서 이미 두 사람의 관계는 파국을 맞은 거나 다름없었다.

그리고 그 자리를 꿰찬 백진설은 죽었다.

'대체 누가 그 녀석을?'

의문이 꼬리에 꼬리를 물고 이어졌다.

아마 철극심의 계산은 그런 것이리라.

백진설이 죽었으니 소천호에게 궁주의 자리를 넘기려는 것이겠지.

'아니, 그건 아니지.'

다른 이라면 몰라도 철극심은 그럴 사람이 아니었다.

냉정하며 공정하기가 염라대왕과도 같다 하여 붙은 별호가 철혈염라.

그런 철극심이 백진설의 죽음 앞에 옳다구나 소천호를 불러들이려 할 리 없었다.

혈교 내에 뭔가 문제가 생겼으리라 생각하는 것이 가장 적당했다.

결국 그의 스승은 교내의 문제를 수습하라고 소천호를 호출하는 것이나 다름없었다.

'가야 할까?'

소천호는 귀환령이 적힌 종이를 내려다봤다.

사실 이게 처음은 아니었다. 지금껏 수도 없이 날아들었던 게 귀환령이었고 그럴 때마다 소천호는 상큼하게 무시하고는 했다.

몇 번은 아예 혈교도들이 떼를 지어 초원까지 찾아왔다.

대개는 몽골 전사들의 먹잇감이 되거나 소천호에게 흠씬 두들겨 맞고 돌아갔지만.

나중 가서는 귀환령 오는 것이 무슨 연례행사처럼 되어버렸다.

소천호는 그 모두를 싹 무시했다. 안에 무슨 내용이 적혀 있든 간에.

하지만 이번엔 달랐다.

무시하려야 할 수 없는 내용이 담겨 있었기 때문이다.

'백진설이 죽었다.'

묘한 기분이었다.

딱히 친한 사이는 아니었다. 그렇다 하여 견원지간처럼 으르렁댔던 것도 아니다. 그저 남들에 의해 대결 구도가 생긴 와중에 서로에게 약간씩의 호승심을 지닌 정도였다.

그런 그가 죽었지만 그 사실 자체는 소천호의 마음을 동하게 만들지 못했다.

하지만 그로부터 이어지는 또 다른 사실은 그의 마음을 혹하게 하기에 충분했다.

'유화.'

소천호는 심유화를 떠올렸다.

백진설을 잃은 그녀 앞에 나타나는 것이 멍청한 짓임은 잘 안다. 그녀의 상실감을 이용하는 비겁한 짓이라는 것도 안다.

그런 데도 마음이 이끌리는 것은 어쩔 수가 없었다.

"대장?"

혜란의 재촉에 소천호는 상념에서 빠져나왔다.

"어, 글쎄, 솔직히 말해서 잘 모르겠다. 한 자리 차지하고 빈둥거리기나 해야지."

"…그래서 말인데요."

혜란의 눈동자에 모닥불이 비치고 있었다. 붉고 뜨거우며 일렁거리는 눈빛이었다.

"혹시 아미파 출신 혈교도 한 명 더 거둘 생각 없어요?"

"원 사문은 어쩌고?"

"솔직히 거기로 돌아가기 싫어요. 빈객 신세라도 혈교가 차라리 나을지도 모르죠."

"우리 완전 개털인데?"

"그런 건 상관없어요."

"널 빈객으로 쓰기엔 아미파 눈치가 너무 보이는데."

"언제부터 혈교가 아미파 눈치를 봤다고 그래요?"

"어쨌든 널 받아줄 자리는 없어."

"대장."

혜란의 눈동자는 촉촉했고 입술은 붉었다. 일렁이는 그 눈빛은 그녀가 바라는 것이 무엇인지를 분명히 드러내고 있었다.

하지만 소천호는 고개를 저었다.

"넌 내 전우였고 내 벗일 거야. 하지만… 네 자리는 없어."

"……."

두 사람은 십 년에 가까운 시간을 함께 싸워왔다.

때로는 같은 전장에 있었고 때로는 다른 전장에 있었으나 그것은 중요하지 않았다.

그들은 함께 싸우고 있었다.

그래서 서로에 대해 누구보다 잘 알고 있었다.

"너도 알잖아. 다른 여자랑은 몰라도… 너랑 나는 아닌 거."

그리고 이 정도로 서로를 아는 사이에… 긴 이야기는 필요 없었다.

혜란은 잠시 고개를 숙였다.

그러나 글자 그대로 잠시.

"그럼 밥이나 먹죠."

"응."

소천호는 밥을 먹었다.

"아, 밥 맛있다."

"당연하죠. 보급품 말고 사제 향신료 팍팍 쳤는걸요."

"좋네."

밥을 배불리 먹은 소천호는 마유주를 마시고 트림을 했다. 그 모습을 본 혜란은 피식 웃으며 말했다.

"본토 돌아가서 트림해대면 다들 욕할걸요."

"그렇겠지?"

소천호는 쓴웃음을 지으며 밖을 바라보았다. 밖은 마침 마지막 해가 붉은 노을을 지고 있었다.

"…늦기 전에 얘기나 하고 가야겠다."

"뭘요?"

"수리 깃."

소천호는 미리 받아둔 토끼 피로 빈 가죽 위에 글씨를 썼다.

문명과 동떨어진 초원에서는 종이와 먹보다 흔한 필기구였다.


나, 집에 간다.


밖으로 나간 그는 활에 시위를 걸었다.

그리고 소리 살을 꺼냈다.

여기저기 구멍이 나 있는 화살.

날리면 휘파람 소리가 나곤 하는 신호용 화살이었다.

그는 화살을 하늘 위로 쏘았다.

휘리리리……!

휘파람 소리 같은 소리가 들렸다.

그리고 소천호는 다른 화살에 그 가죽을 둘둘 감고 묶었다.

피잉!

혜란은 신기한 표정을 지었다.

"그럼 받아 봐요?"

"그럴걸?"

소천호가 느긋하게 말한 순간.

마찬가지로 저쪽에서 소리 살이 허공으로 날아올랐다.

그 뒤를 이어 한 대의 화살이 날아왔다.

"어?! 조심해요!"

혜란은 비명을 질렀으나 소천호는 느긋한 표정으로 화살을 낚아챘다.

아무렇지도 않게 화살을 잡아채는 그 모습에 혜란은 허탈한 표정을 지었다.

"아, 맞다. 이런 사람이었지."

화살에는 몽골어로 된 가죽 편지가 걸려 있었다.

다시 만나게 되기를.


소천호는 피식 웃었다.

"글쎄다."

그는 나직이 중얼거리고는 편지를 구겨 쥐었다. 손아귀로
부터 불길이 일어 삽시간에 편지를 불살랐다.

삼매진화. 고매한 상승 수법에 혜란이 눈을 동그랗게 떴
다.

"대장, 활만 잘 쏘는 게 아니었네요?"

소천호는 활대를 어깨에 걸치고는 대답했다.

"원래는 검이 주무기였지."


*     *     *


다음 날 아침.

소천호는 자리에서 일어나 조용히 주위를 둘러보았다.

조용했다.

게르를 둘러싼 매복병들의 살기도 느껴지지 않았고 저 멀
리서 그의 동태를 살피던 수리 깃의 존재감도 느껴지지 않았
다.

"여기도 마지막이군."

입맛을 다신 소천호는 전날 꾸려둔 짐들을 다시 한 번 살폈다.

"말린 고기 챙겼고, 물주머니 챙겼고, 흰 담비 가죽옷 챙겼고, 화살촉 주머니 챙겼고, 늑대 이빨 목걸이 챙겼고……."

자다 일어난 혜란이 물었다.

"이빨 목걸이는 왜요?"

"유품이니 챙겨 가야지."

"아."

혜란은 잠시 아무 말도 하지 않았다.

그녀에게나 소천호에게나 캐묻지 않았으면 하는 과거가 있었다.

서로가 이미 잘 알고 있긴 하지만 그럼에도 불구하고 화제로 꺼내지 않았으면 하는 일들.

저 이빨 목걸이야말로 소천호의 아직 아물지 않은 상처였다.

소천호는 천천히 목걸이를 목에 걸었다.

그는 씨익 웃으며 말했다.

"그래서 난 이제 어떻게 하면 되냐?"

"뭘요?"

"제대 절차."

"몰라요?"

"입대는 해봤는데 제대는 아직 못 해봤거든."

혜란은 피식 웃었다.

"그럴 것 같았어요."

그녀는 자신의 말로 다가가 말안장에 묶은 주머니를 끌렀다.

묵직하고 두둑한 쇳소리.

"돈?"

"칠 년 치 급료랑 포상금, 그리고 전별금이에요."

급료랑 포상금은 이해가 가는데 전별금은 이해가 가지 않았다.

전별금은 지휘관이 개인적으로 쥐여 주는 돈.

그와 대장군이 용돈 받고 지낼 사이는 아니었기 때문이다.

소천호가 의아한 표정을 짓자 혜란이 웃으며 말했다.

"영감님이 드리래요."

"대장군이?"

"네, 그 대신 얼굴 보지 말자던데요."

"…아, 이제야 이해가 가네."

소천호는 군공도 컸지만 사고도 많이 친 몸이었다. 치하는 치하지만 꼴 보기 싫은 것도 당연했다.

굳이 와서 얼굴 보느니 그냥 얼굴 안 보고 떠나보내고 싶은 것이리라.

"그럼 난 이만 가면 돼?"

"네."

"…진짜 허망하게 끝나는구나. 내 전쟁도."

소천호는 조용히 밖으로 걸어 나왔다.

게르 한가운데의 모닥불에서 아직 불이 꺼지지 않은 장작 하나를 꺼낸 그는 조용히 게르 구석에 불을 붙였다.

기름 먹인 천이 타들어가기 시작했다.

시간이 좀 지난 뒤엔 모두 타버리리라.

이곳은 요충지이기도 하거니와 소천호에게는 개인적인 추억이 깃든 곳이기도 했다.

남의 손에 넘기거나 세월 속에 낡아가게 두느니 차라리 내 손으로 태우고 싶었다.

불이 반 넘어 오른 모습을 보며 소천호는 천천히 몸을 돌렸다.

"나중에 다시 보자."

그는 몸을 돌려 걸어 나갔다.

고향을 향해서.

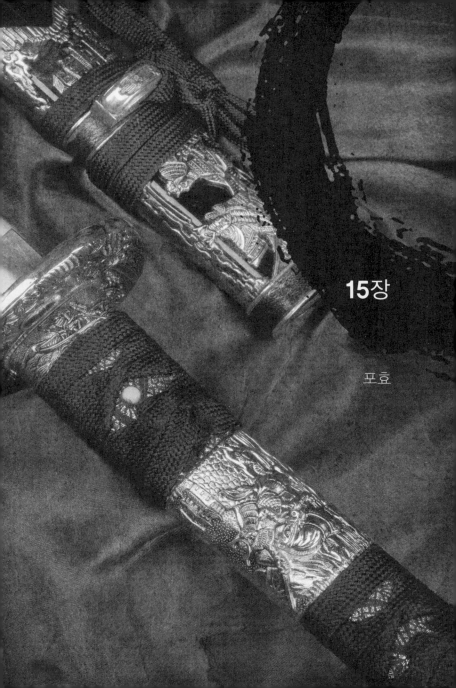

**15장**

포효

　현월은 자신의 무위에 절대적인 자신감을 지니진 않았다.
그는 그저 객관적인 관점에서 스스로를 재단할 따름이었다.

　그래서 정면으로 부딪치기로 결심했다.

　"무림맹주를 만나겠다는 건가요?"

　"그래, 그동안 이곳을 잘 지켜줬으면 좋겠어."

　"……."

　흑련은 미간을 살짝 찌푸렸다.

　임수향을 구해내고 통천각을 궤멸시킨 지 얼마 되지 않았
다. 지금처럼 무림맹 내부의 분위기가 흉흉한 시기도 없을 터

인데 현월은 또다시 그곳에 다녀오겠다는 것이다.

물론 다른 이도 아니고 현월을 걱정할 필요야 없을 터였다.

화무백과 백진설마저 쓰러진 지금, 현월에게 대적할 만한 무림인은 한 손으로 꼽아야 할 지경이었으니.

"알겠습니다. 하지만……."

"하지만?"

"가끔씩은 좀 상기해 주셨으면 좋겠어요. 제가 따르는 분이 암제가 아닌 금왕이란 것을요."

일견 무뚝뚝하기까지 한 목소리.

하지만 현월은 이게 그녀 나름의 배려라는 것을 알고 있었다.

흑련은 경고하고 있는 것이었다.

그녀가 언제고 금왕의 한마디에 현월 곁을 떠나갈 수 있다는 것을.

"충고, 잘 새겨두지. 더 할 얘기는 없겠지?"

"사실 하나가 더 있어요."

"하나 더?"

고개를 끄덕인 흑련이 설명했다.

"임 소저가 당신을 찾고 있어요."

"아."

현월은 그제야 임수향에 대해 떠올렸다.

그녀를 무림맹에서 구출해 낸 뒤로 상당한 시간이 흘렀다. 그 이후로 유화란에게 맡겨둔 채 신경을 쓰지 못했었다.

'하지만······.'

언제까지고 피해 다닐 수만은 없다.

천유신이 홀쩍 떠나 버렸다는 설명만으로 그녀가 납득했을 리 없었다. 필시 그 이상의 설명을 바라기에 현월을 찾는 것이겠지.

부딪치는 수밖에 없었다.

"찾아가 봐야겠군. 임 소저가 어디 있는지 알아?"

"아뇨, 얘기도 거의 해본 적이 없어서."

"하긴 그것도 그렇겠군."

현월과 제갈윤을 제외하면 다른 이들과 거의 사담을 나누지 않는 흑련이었다.

딱딱한 성격도 성격이거니와 살수라는 특성상 어쩔 수 없는 면이 컸다.

현월은 흑련과 헤어져서는 임수향을 찾았다.

멀리 갈 필요는 없었다. 그녀 쪽에서도 현월을 찾고 있었기에.

"드디어 만났네요."

임수향은 상기된 표정이었다. 그게 의미하는 바가 뭔지 아는 현월로선 내심 쓴웃음이 지어졌다.

"미안합니다. 그동안 바빠서 미처 찾아뵙지 못했습니다."

"아뇨, 아니에요. 제가 죄송할 따름이죠."

배시시 웃은 임수향이 말을 이었다.

"감사하다는 말씀을 드리고 싶었어요. 단지 그뿐이에요."

"네?"

"더 이상 제게 마음 써주시지 않아도 돼요."

딱 잘라 말하는 임수향이었다. 현월은 예상외의 반응에 잠시 당황했다.

"임 소저……."

"저!"

임수향이 돌연 목소리를 높였다.

"현검문에 머무르며 이런저런 잡일을 도맡기로 했어요. 채 부인께서 자리를 내주셨거든요."

"어머니께서?"

"예, 무사관 생활과는 여러모로 다를 테지만 그래도 열심히 살아보려고요."

임수향의 얼굴에 돌연 씁쓸함이 스쳤다.

"그래야 무사관주님도 기뻐하실 거라 생각해요."

"……."

다 알고 있었던가. 어느 누구도 설명해 주지 않았을 텐데… 그녀는 분위기를 읽는 것만으로 천유신의 죽음을 체감한 모양이었다.

"그러니까."

현월이 뭐라 말하기 전에 임수향이 선수를 쳤다.

"제게 부채감을 가지실 필요는 없어요."

"……."

"그럼."

꾸벅 고개를 숙인 임수향이 몸을 돌려 달려 나갔다. 현월은 복잡한 심경으로 그 모습을 바라보다가 고개를 돌렸다.

'더 이상 내가 할 수 있는 일은 없다.'

나머지는 그녀의 인생.

현월이 왈가왈부할 바도 아니었고 오지랖 넓게 끼어들 여지 또한 없었다. 그것은 오히려 임수향의 뜻을 무시하는 바가 될 테니까.

게다가 현월 또한 자기 앞에 놓인 일만으로도 정신이 없을 지경이었다.

'속전속결!'

마음을 정했다면 주저할 이유가 없었다. 현월은 제갈윤에게 개략적인 지시 사항을 하달한 다음 곧장 여남을 나섰다.

\*      \*      \*

섬서성, 서안.

소천호는 그곳의 거리를 거닐고 있었다.

"중원이 좋기는 좋네."

그는 양손에 꼬치를 서너 개씩 쥐고서 걸어가는 중이었다. 장사치의 설명으로는 양고기를 구워 만든 꼬치라는데, 소천호는 그게 거짓말이라는 것을 대번에 간파했다.

전장에서 자주 잡아먹고는 했던 쥐 고기 맛이 났던 까닭이었다.

하지만 꼬치꼬치 캐묻거나 따지진 않았다. 우선은 기분이 좋았고 양념 칠을 한 고기 맛이 꽤나 괜찮았으며 무엇보다도 귀찮았기 때문이다.

어차피 전장에서 구를 땐 고기보다도 향신료가 더 그리웠었다.

소천호는 꿩 대신 닭이란 심정으로 꼬치에 코를 대고는 킁킁거렸다. 향긋한 양념 냄새가 코끝을 자극할 때마다 황홀하기까지 했다.

"좋구나. 역시 대도시에 오길 잘했어."

십만대산까지 직진할 거였다면 서안으로 와서는 안 됐다.

도시의 위치 자체가 직선 경로를 한참 벗어난 곳에 있었던 만큼 서안을 들르는 것은 멀리 돌아가는 것과 진배없었던 것이다.

그럼에도 굳이 들른 것은 문명의 냄새가 그리웠던 까닭이다.

수천, 수만의 사람이 부대끼는 대도시. 그 안에서 피어나는 문화의 향수.

대평원의 바람과 황야만을 벗 삼았던 소천호로서는 인간의 냄새부터 몸에 배게 할 필요가 있었다.

"안 그랬다간 미개인 취급을 받을 테니."

기실 지금도 그랬다.

지나치는 행인들은 소천호를 슬금슬금 피해 다니는 중이었다.

목욕 한 번에 수년간 몸에 밴 악취가 완전히 씻겼을 리 없었다. 그리고 그것은 입고 있는 가죽 겉옷 또한 마찬가지였다.

짐승에게서나 날 법한 악취가 소천호를 감싸고 있을 터.

"그러고 보니 꼬치 장수 표정이 썩었던 게 그 때문이었구나."

소천호는 혀를 차며 머리를 긁적였다. 산발한 머리칼을 가죽끈으로 대강 묶은 머리에서 비듬과 이가 우수수 떨어졌다.

"이런 미친 새끼!"

경멸 어린 목소리가 귓바퀴를 찔렀다.

힐끔 시선을 돌리니 비단옷을 쫙 빼입은 사내들이 소천호를 향해 손가락질하고 있었다.

"온 거리에 쇠똥 냄새가 풍기는 게 네놈 탓이렷다! 네놈은

대체 어디서 굴러먹다 온 비렁뱅이 새끼더냐?'

'저 정도면 괜찮겠군.'

소천호는 속으로 생각했다.

눈앞의 놈들이 뭐라 떠들고는 있었는데 딱히 신경을 쓰진
않았다.

'빼앗자.'

그렇게 마음을 정하고 주먹을 그러쥐었다.

하지만 계획을 행동으로 옮기기 전, 가까스로 멈추었다.

'그냥 여기서 두들기면 안 되겠구나.'

보는 눈이 너무 많다.

그런 와중에 강도질을 하면 골치 아파진다. 다치거나 어디
가 잘못될 일이야 결코 없겠지만 상황이 이래저래 귀찮아질
터였다.

소천호는 슬금슬금 골목 쪽으로 향했다. 딱히 도발을 할 필
요도 없었다.

그가 도망치려 한다고 생각한 사내들이 두 눈에 쌍심지를
켰다.

"이 새끼, 어딜 도망가려고!"

"거기 안 서냐!"

사내들이 소천호의 뒤를 따라 골목으로 우르르 몰려갔다.

일각 후.

소천호는 정갈한 옷을 빼입고서 거리를 걸어가고 있었다.

옷만 바꿔 입었을 뿐인데도 악취는 대부분 사라진 뒤였다. 확실히 다른 무엇보다도 동물 가죽 특유의 악취가 문제였던 듯했다.

"흠."

소천호는 걸음을 멈췄다. 막상 배도 채우고 도시 구경도 좀 하고 나니 벌써 무료해지는 듯했다.

"슬슬 십만대산으로 돌아가야겠군."

혼잣말을 중얼거렸다. 지나가던 이들 몇몇이 미심쩍다는 시선을 보냈지만 소천호는 개의치 않았다.

적을 벗 삼아 살아야 했던 외로운 전장이 선물한 버릇이 바로 혼잣말이었다.

비교적 과묵한 성격이었던 그였으나 대초원에서 수년간을 지내다 보니 자기도 모르게 수다스럽게 변해 버렸다.

인간사가 아무리 괴롭고 지긋지긋하더라도 사람들이 서로 부대껴 살려는 이유가 그것일 터였다. 고독과 외로움 말이다.

"돌아가자."

소천호는 재차 중얼거렸다.

십만대산.

지긋지긋한 혈교도들과 무뚝뚝한 스승, 그리고…

'그녀가 있는 곳으로.'

소천호는 걸음을 내딛었다. 심유화에 대해 생각하니 조금은 기분이 나아지는 듯했다.

그녀의 얼굴이 지금도 생생했다. 무림인답지 않은 섬섬옥수와 백설 같은 피부. 이따금 당황할 때마다 홍조를 띠는 부드러운 두 뺨.

"십 년 가까운 시간이 흘렀으니 지금쯤이면 좀 더 성숙해졌겠지?"

소천호는 피식 웃었다.

그녀가 이따금 말을 걸어올 때의 목소리가 귓가에 울리는 듯했다.

"심유화."

그녀의 이름을 자기도 모르게 중얼거렸다. 오랫동안 불러보지 못했던 이름인만큼 낯선 느낌과 함께 설렘이 찾아왔다.

"심유화."

만나게 되면 무슨 말부터 꺼내야 할까? 쾌활하게 웃거나했다간 점수만 깎아먹게 될 것이다. 어쨌든 그녀가 사모하던 백진설이 죽은 직후이니.

새삼 백진설에게 미안한 감정이 들었다.

그의 죽음을 기뻐해야 하는 자신의 처지가 우습기도 했다.

하지만 그런들 어떠랴.

지금으로썬 그저 그녀를 볼 수 있다는 생각에 가슴이 뛸 따름이다.

"심유화."

"저기 있잖소?"

갑자기 끼어드는 남성의 목소리.

꿈결 속을 거닐던 소천호의 의식은 한순간에 지상으로 내동댕이쳐졌다.

"뭐?"

무의식중에 살기를 내뿜으며 반문했다. 그 대상이 된 중년 사내가 힉 하고 숨넘어가는 소리를 냈다.

"왜, 왜 그러는 거요? 친절을 베푸는 사람한테 고마워하진 못할망정."

"친절이라니?"

"그 마녀의 이름을 자꾸 되뇌었잖소? 저기 있다고 가르쳐 줬건만 도리어 화를 내는 게 이치에 맞는 일이라 생각하슈?"

"마녀?"

소천호의 두 눈에서 귀화가 번뜩였다. 심장을 꿰뚫는 듯한 시선에 직격당한 중년 사내가 자지러지는 소리를 내며 주저앉았다.

"뭐야?"

"무슨 일이지?"

주변이 소란스러워졌다.

사람들이 몰려들기 시작했다. 그들 하나하나가 내뱉는 소리가 마치 벌 떼가 웅웅거리는 소리인 양 고막을 간질였다.

그 와중.

소천호는 중년 사내의 말을 머릿속으로 해부하고 있었다.

'유화를 마녀라고 불렀다.'

무시무시한 분노의 불길이 뇌수를 불사를 듯했다. 그러나 소천호의 이성은 그게 중요한 게 아니라고 일침을 놓았다.

'놈은 유화가 여기 있다고 했다.'

그녀를 만날 수 있음에 기뻐해야 할까?

아니다.

혈교도인 심유화가 서안에 있다는 것, 그리고 지나치던 행인이 그 사실을 안다는 것. 이는 결코 좋은 징조가 아니었다.

그리고…

'놈은 어딘가를 가리키고 있었다.'

그리 먼 위치도 아닌 듯했다. 지금 당장에라도 고개를 왼편으로 꺾으면 볼 수 있을 터.

고개를 꺾어선 안 돼.

소천호의 이성은 그렇게 말하고 있었다. 고개를 돌려 그녀를 보게 된다면 무시무시한 파국이 찾아올 것이라고 소리치고 있었다. 그러나 감정은 재잘재잘 떠드는 대신 소천호의 고개를 왼편으로 홱 꺾는 것을 택했다.

고개를 돌린 소천호의 눈에 들어온 것은 수급(首級)이었다.

지저분한 동아줄에 묶인 채 대롱대롱 매달려 있는 사람의 머리. 흙과 먼지에 범벅이 된 살가죽과 까마귀에게 쪼아 먹힌 듯 움푹 파인 눈. 날붙이를 긁어댄 듯 미소 짓는 모양으로 찢긴 입가와 대부분 뽑혀 나간 듯 몇 가닥만이 남은 머리칼.

그리고 그 아래로 연결되어 있는 나무 명패가 하나.


잔혹 무도한 혈교 소속 악도.

패도궁의 부궁주.

"…심유화."


＊　　　＊　　　＊

"소천호에게 사실을 알렸나?"

철극심은 고개를 돌렸다. 어느새 다가온 유설태가 심각한 얼굴을 하고 있었다.

"백진설의 죽음에 대해선 알렸다."

"심유화는?"

"……."

"말하지 않았군."

"말했더라면 놈은 결코 이곳으로 돌아오려 하지 않을 테니까."

"그게 해결책이라 생각하나? 오히려 그것이야말로 악수인지도 모르네. 속았음을 깨달은 소천호가 어찌 행동할지는 뻔한 것 아닌가?"

"그 정도에 무너진다면 녀석의 자질도 거기까지밖에 안 된다는 뜻이겠지."

"매정한 스승이군."

철극심의 눈에 경멸감이 스쳤다.

"네가 할 말인가? 오히려 저 계집이야말로 천호보다도 훨씬 심한 꼴을 당했다고 생각하는데."

그의 손끝이 암후를 가리키자 그녀는 반항적으로 인상을 찡그렸다. 그것을 본 철극심의 두 눈에 살기가 돌았다.

"앙탈 부리지 마라, 계집."

"……!"

기세에서 눌린 암후가 살기를 피워내기 시작했다. 당장에라도 달려들어 철극심의 목덜미를 찢어발기기라도 할 기세였다.

"미우!"

유설태의 일갈.

흠칫 놀란 암후는 기가 죽은 듯 눈을 내리깔았다.

철극심은 차가운 눈으로 코웃음을 쳤다.

유설태는 여전히 굳은 표정이었다.

"소천호의 존재로 인해 예기치 못한 사태가 발생할 수도 있네."

"내게 누구라도 추천하라 말한 것은 자네였던 걸로 기억하네만."

"제대로 된 추천을 하라는 의미였네만."

덜컹!

의자를 부수다시피 밀어내며 몸을 일으킨 철극심이 눈을 부라렸다.

"천호는 모든 면에서 교주의 자리에 오를 자질을 지녔어. 저 백진설에게도 뒤지지 않을 자질을!"

"문제는 그 자질의 방향이 어느 쪽으로 흐르느냐는 것이지."

"그래서 백진설은 올바른 방향으로 힘을 쓰려 했나? 그래서 화무백과 함께 개죽음을 당한 건가?"

유설태는 입을 다물었다. 지금의 철극심에겐 말이 통하지 않을 듯했다.

'공명정대하던 성격이 완전히 퇴색됐군.'

사람은 누구나 변하게 마련이다. 특히나 험한 풍파를 경험한 이일수록 과거에 알던 모습과는 전혀 다르게 변하게 마련이었다.

'달리 생각해 보면 그것은 소천호에게도 해당되는 것인지

도 모르지.'

어쩌면 심유화를 마음속에서 지웠을 수도 있다. 어쩌면 대초원에서의 지난 시간이 그를 한층 성숙하게 만들었을지도 모른다.

지금 당장으로썬 그렇기를 바라는 수밖에 없었다.

\*      \*      \*

'뭐지?'

막 서안의 성문을 넘어서던 현월의 몸이 경직됐다. 구태여 기감을 확장하지 않더라도 피부에 와 닿는 느낌이 있었다.

무시무시한 살기.

현월조차도 몇 차례 경험해 보지 못한 엄청난 악의였다.

눈에 보이는 모든 것을 죽이기라도 할 법한…

"크아아아!"

"꺄아악"

그다지 멀지 않은 곳으로부터 비명 소리가 터져 나왔다. 서안의 거리가 한순간에 술렁이기 시작했다.

"뭐, 뭐야?"

"무슨 일이지?"

사람들이 고개를 휘휘 돌리며 중얼거렸다.

아직까지는 두려워하기보다는 어리둥절해하는 분위기였다.

하기야 제대로 된 기감을 지니지 못한 그들로서는 무슨 일이 벌어지고 있는지 알 도리가 없을 것이다.

그러나 그 와중.

무림인의 복색을 한 몇몇은 식은땀까지 흘려가며 긴장하고 있었다. 그들 또한 이 살기의 성질이 어떠한지 체감하고 있음이 분명했다.

끝이 보이지 않는 악의.

'이건 마치······.'

무척이나 닮아 있었다. 유설태와 혈교에 대한 현월의 증오심과.

대체 무엇이?

촤아악!

대로 위로 검붉은 피가 흩뿌려졌다. 십여 개의 잘린 머리가 그 위를 굴렀다.

"히이익!"

"꺄아아악!"

그제야 상황이 파악된 행인들이 모골이 송연해지는 비명을 토해냈다. 대로는 삽시간에 혼란의 도가니로 빠져들었다.

그리고 그 너머.

핏물로 칠갑을 한 길 위에 서 있는 이는 건장한 체구의 장년인이었다.

"……."

그는 누군가의 머리를 옆구리에 끼고 있었다.

멀리서 보아도 악취를 풍기는 게 분명해 보이는, 반쯤 썩어 들어 가는 머리였다.

한데 그는 소중한 보물이라도 되는 양 그 머리를 조심스럽게 안고 있었다.

덜컹.

몰아치는 바람에 명패 토막이 땅을 굴렀다. 그쪽으로 시선을 보낸 현월은 명패에 적힌 이름을 읽어낼 수 있었다.

"심유화……?"

현월의 목소리를 들은 것일까? 사내의 두 눈이 돌연 시린 안광을 토했다.

"크아아아!"

짐승의 포효 같은 굉음이 서안의 거리를 흔들었다.

『암제귀환록』 8권에 계속…

절정고수들이 하늘 높은 줄 모르고 질주하는 현 세상.
서른여덟 개의 세력이 서로를 견제하는 혼돈의 시대.

그 일촉즉발의 무림 속에
첫 발을 디딘 어린 소년.

"나는 네가 점창의 별이 되기를 원한다."

사부와의 약속을 지키고
난세로 빠져드는 천하를 구하기 위해
작은 손이 검을 들었다!

박선우 新무협 판타지 소설 FANTASTIC ORIENTAL HE

풍운사일

한량 아버지를 뒷바라지하며
호시탐탐 가출을 꿈꾸던 궁외수.

어린 시절 이어진 인연은
그를 세상 밖으로 이끄는데……

"내가 정혼녀 하나 못 지킬 것처럼 보여?"

글자조차 모르는 까막눈이지만,
하늘이 내린 재능과 악마의 심장은
전 무림이 그를 주목하게 한다.

"이 시간 이후 당신에겐 위협 따윈 없는 거요."

무림에 무서운 놈이 나타났다!

Book Publishing CHUNGEORAM

유행이 아닌 자유추구 -
WWW.chungeoram.com

# 내일을 향해 쏴라

## 김형석 장편 소설

FUSION FANTASTIC STORY

1만 시간의 법칙!
'성공은 1만 시간의 노력이 만든다' 는 뜻이다.

그러나…
사회복지학과 복학생 수.
전공 실습으로 나간 호스피스 병동에서
미지와 조우하다.

1만 시간의 법칙?
아니, 1분의 법칙!

**전무후무한 능력이 수에게 강림하다!**
**맨주먹 하나로 시작한 수의**
**인생역전이 시작된다!**

Book Publishing CHUNGEORAM

웃음이 아니 꿈유추~
WWW.chungeoram.com

# 즐거운 인생

미더라 장편 소설

FUSION FANTASTIC STORY

## A Bittersweet Life

삶의 의욕을 모두 잃은 주혁.
어느 날 녹이 슨 금속 상자를 얻는데…….

"분명 어제도 3월 6일이었는데?"

동전을 넣고 당기면 나온 숫자만큼 하루가 반복된다!

포기했던 배우의 꿈을 향해 다시금 시작된 발돋움.
눈앞에 펼쳐진 새로운 미래.

## 과연 그는 목표를 이루고
## 인생을 바꿀 수 있을 것인가!

Book Publishing CHUNGEORAM

유행이 아닌 자유추구 -
WWW.chungeoram.com

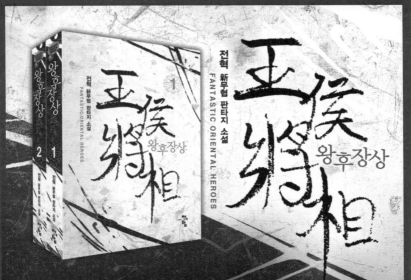

전혁 新무협 판타지 소설
FANTASTIC ORIENTAL HEROES

조侯뇌將과相 왕후장상

『월풍』, 『신궁전설』의 작가 전혁이 전하는
유쾌, 상쾌, 통쾌 스토리, 『왕후장상』!

문서 위조계의 기린아 기무결.
사기 처서 잘 먹고 잘살던 그에게 날벼락이 떨어졌다.
바로 녹슨 칼에서 나온 오천만 냥짜리 보물지도!

기무결에게 내려진 숙제,
오천만 냥을 찾아라!

그러나 꼬인 행보 끝 도착한 곳은 동창의 감옥이었으니……

"으아악! 이게 뭐야!! 무림맹이 왜 여기 있는 거야!"

천하제일거부를 향한 기무결의
끝없는 도전이 시작된다!

Book Publishing CHUNGEORAM

# 용마검전

## FANTASY FRONTIER SPIRIT

김재한 판타지 장편 소설

「폭염의 용제」, 「성운을 먹는 자」의 작가 김재한!
또다시 새로운 신화를 완성하다!

# 『용마검전』

사악한 용마족의 왕 아테인을 쓰러뜨리고
용마전쟁을 끝낸 용사 아젤!

그러나 그 대가로 받은 것은 죽음에 이르는 저주.
아젤은 저주를 풀기 위해 기나긴 잠에 빠져든다.

## 그로부터 220년 후……

긴 잠에서 깨어난 아젤이 본 것은
인간과 용마족이 더불어 살아가는 새로운 세상이었다.

Book Publishing CHUNGEORAM

WWW.chungeoram.com

허담 新무협 판타지 소설

FANTASTIC ORIENTAL HEROES

검은 별

하늘아래 모든 곳에 있고,
결코 사라지지 않는다.

세상은 그들을 멸시하지만,
세상의 모든 야망가가 은밀히 거래한다.

선과 악이 어우러지고,
어둠과 밝음이 서로를 의지하듯
세상의 빛 그 아래 존재하는 자들.

무수한 별이 빛을 잃어 어둠을 먹고사는
검은 별이 되어 살아가는,
그리하여 세상 모든 사람이 두려워하는…
그들은 유령문이다!

Book Publishing CHUNGEORAM

**연재 사이트 베스트 1위!**
**어디에서도 볼 수 없었던 천재 의사가 온다!**

『메디컬 환생』

언제나 실패만 거듭해 온 의사 진현,
그런 그에게 찾아온 인연의 끈이 있었으니.

"다시 삶을 살면… 어떤 삶을 살고 싶으신가요?"

**다시 한 번 주어진 인생**
**이번엔 반드시 성공하리라!**

Book Publishing CHUNGEORAM

유행이 아닌 자유추구 -
WWW.chungeoram.com